Cérémonie

セレモニー

安田あんみ

キリスト新聞社

我は葡萄の樹
汝らは枝なり
(ヨハネ傳十五章五節)

わたしはぶどうの木、
あなたがたはその枝である。

ヨハネによる福音書　第15章5節
（口語訳）

セレモニー

この物語はフィクションです。実在する人物、団体等とは一切関係ありません。

セレモニー　目次

※本文中の聖書引用は、『聖書　口語訳』（一九五五年）、『聖書　新共同訳』（一九八七年）
（いずれも日本聖書協会）による。

プロローグ

月を、見ていた。

ベッドに横になった状態で、窓から夜空が眺められる。そこにはぽっかりと、うるんだ春の月が瞬いていた。

《春分の日の後の最初の満月の、次の日曜日がイースターだよね。……なんだか、ずいぶん欠けてきてしまっている感じがするけど》

沙耶は、ぼんやりとそんなことを考えていた。でも、と月の言い訳を思う。満月だったのは三日前だ。新月まで十四日、三日もたてばかなり欠けて見えるのも頷ける。

サイドテーブルに置いた携帯が、小さな着信音と共に震える。こんな時間に誰だろうと、メッセージを開くと、友梨香からだった。

【電話していい?】

短く入ったそのメッセージに、沙耶は身体を起こした。今日はイースター（復活祭）だったから、昼間礼拝には一緒に与ったし、その後の祝会でも、お昼を楽しみながら、友梨香とは散々話をしていたのだ。話す機会なら教会でいくらでもあっただろうに、と思ったのだ。その後に何かあったのだろうか。そう思うと同時に、普段はメッセージでやりとりしていて、電話をかけ合う習慣がない友梨香からのメッセージに、胸騒ぎを覚えた。

ＯＫの返信をすると、すぐにかかってきた電話に、沙耶は少し笑いながら聞いた。

「どうした？　何かあったの？」

「パパさま、倒れて入院したのよ。昨日の事だったんだけどね」

いつもとは違い、友梨香の声は焦っていた。

「……パパさまの容態、相当悪いみたいなんだ。沙耶も、早めにお見舞いに行ってね」

「えっ」

息を吐くように答えながら、沙耶は自分の意識が、遠くに飛んでいくのを感じていた。

第一章　出会い

自分たちが「パパさま」と呼んでいる猪本啓朗は、キリスト教系児童養護施設「ぶどうの苑」の創立者だった。元々はフランスの山の上の修道院で修行をしていたそうだ。訳あってそこを離れ、日本に戻って来て、家族に恵まれない子どもたちを収容する養護施設を建てた。牧師の勉強もし直して、キリスト教会を併設し、牧会を始めた。沙耶も友梨香も、そのぶどうの苑で育った。

沙耶の記憶は、八歳の時、ぶどうの苑の院長室から始まる。

その日、女の人とパパさまの前に座っていた。隣にいた女の人は、かろうじて女の人だったと覚えているけれど、歳をとっていたか、若かったか、どこの誰だったかも覚えていない。それよりも目の前には、背が高く、身体も大きいパパさまが座っていて、圧倒的な存在感を示していた。小さかった沙耶には、更に大きく思うのだけれど、それは威圧的ではなく、広がるような、包み込むような、それでいて果てしない大きさを感じる人だった。

女の人とパパさまとは、書類を見ながら小さな声で話していた。その時に出てきた谷平沙耶という名前が、自分の名前らしいと思ったが、沙耶はそれを、どこか他人事のように聞いていた。

やがて、パパさまは沙耶の座っているところにやってくる。

「沙耶ちゃん。ぶどうの苑へようこそ。今日からここが君のお家だよ」

そして、沙耶の頭の上に、大きな手を乗せる。初めて触れられたその手から、なんだかパワーが漲ってくるのを感じて、沙耶は嬉しかった。自分が生まれたというか、生まれ変わって、ここから始められる喜びが、じわじわと沸いてきたのだ。

「さぁ、お友だちを紹介するよ」

そう言うとパパさまは、院長室を出て子どもたちがいる寮の方へと沙耶を案内した。

プレイルームでは、数人の子どもたちが戯れて遊んでいたが、その中から二人、パパさまに呼ばれて出てきた。

「この子が、紀藤友梨香ちゃんだよ。小学二年生の中では、ここに一番長くいるんだ」

友梨香に向かっては、沙耶を紹介する。

「谷平沙耶ちゃんだ。今日からぶどうの苑の子どもだから、仲良くしてあげて」

はい、と元気よく返事をする友梨香は、沙耶に右手を突き出した。

「よろしく」

少し胸を張って、唇は片方だけキュッとあげて。同級生かもしれないけど、完全に先輩顔をしている。ずいぶん強気な態度なのに、とてもやさしい目をしていた。頼りがいのある、守ってくれそうな。沙耶は、何もわからない、全く初めてなところに来て、不安でいっぱいだったから、おずおずとそれに手を伸ばしながら、友梨香の手にすがってしまいそうな自分に気が付いた。

「……はい」

小さな声で、つぶやくように言った。

「こちらは、西嶋修二君だよ。修二は、半年ほど前にここに来たんだ。もう、充分慣れてきているとは思うけど、来たばかりの沙耶の気持ちが一番わかるんじゃないかな」

「仲良くしようぜ」

修二も沙耶に右手を突き出して来た。

《ここでは、握手をするのが挨拶なんだ》

沙耶は、二人にそうされて初めてそれを理解した。修二の手を握り返しながら、小首を少し傾げた。何と言って返事をしていいか、わからなかったのだ。

ヒョロヒョロと背ばかりが高い修二は、握手が終わると友梨香の後ろに戻る。それなのに、瞳はいたずらっ子のそれのように、きょろきょろと動き、わんぱくそうな男の子を醸し出していた。

「じゃあ、友梨香。沙耶を小野寺先生のところに連れて行ってあげて。一緒に部屋を案内してあげるんだよ」

「わかりました」

友梨香はパパさまに敬礼すると、沙耶の手を取るとグイっと引っぱって、廊下を奥にまっしぐらに歩いて行った。


大人になって沙耶は、その時のことを鮮やかに思い出すことが出来る。そして、パパさまが最初に紹介してくれたのが、友梨香と修二だったことに、感謝と驚きとが入り混じる。

小学二年生は他にもいたのだ。ぶどうの苑から通う小学校でも、親しくなれたお友だちはいた。でも、生涯離れがたい親友となれたのは、友梨香と修二だった。

小学校の頃、三人でいるのがとても居心地が良かった。いつでも、どこに行くにも一緒の行動をとり、ぴったりと気が合って、それがとても自然でいられた。

修二は、学校では他の男の子にそのことをからかわれていたから、男の子同士で戯れていることもあった。ぶどうの苑でも、女子寮と男子寮とで違う棟だったから、離れていることもあった。だけど、思い出の中ではいつも三人でいる。

それが沙耶には、パパさまが結びつけてくれたように思えるのだった。

＊＊＊＊＊

市街地から山の方に入って行ったところ。あたりはぶどう畑が続いている。なだらかな山道を歩いて二十分ほど。生け垣が続いていて、右側に回り込むと、高い三角の塔の上に十字架がある教会が見える。その右側奥に「ぶどうの苑」はあった。

戦前までそこは、男爵の別邸だったそうだ。広大な敷地は、かつて牧場として乳牛も飼われていた。広がるぶどう畑のためのワイナリーもある。農場や牧草地、ぶどう畑もワイナリーも、今では人手に渡ってしまった。

パパさまこと猪本牧師が、別荘を所有していた男爵とどのような関係だったか、知る人はいない。が、別邸だった大きな建物に子どもたちを招き入れて、児童養護施設として運営を始めた頃は、地域の人たちは奇怪な目で、それを眺めていたんだそう。やがて、立派な教会が建てられ、本格的なキリスト教布教活動が始まる。

初め苑には、数えるばかりの子どもたちだけだったが、十人、二十人となっていけば、スタッフの先生方も雇われる。いずれも高い志と献身の心を持った人たちだった。特にキリスト教の信仰心を問われてその職に就いたわけではなかったが、一年、二年とぶどうの苑で働いていると、ほとんどのスタッフが入信し、洗礼を授かっていた。

だからおのずと子どもたちも、しっかりとしたキリスト教理念を学び、貢献する人に教育される。そして、ぶどうの苑を卒園した者が、地域を支える担い手として、社会に出て、立派な働きをするようになる。

苑も建て増しされ、機能的な建物になっていく。子どもたちも増え、スタッフも増員される。初めこそ遠巻きに眺めていた人たちも、いつしか教会へ足を運ぶようになり、吸い寄せられるようにその会堂に集まるようになっていく。そして少しずつその人数は増えていった。

この地域の人たちは、ぶどうの苑や教会を誇りにしていて、その歴史を良く知っている。それは、パパさまと言葉を交わし触れ合ったことがあると、その人柄に魅了されいつしか深い親交が築かれ、苑や教会に尊敬の念を感じるからだ。そして、人々の思いは、寄付や献金となって、苑や教会に自然と集まっていった。

教会の正門から少し入ったところ、ぶどうの苑の建物の入り口に、大きな石のプレートがある。そのプレートには文語訳聖書の一節が彫られていた。

『我は葡萄の樹、なんぢらは枝なり。人もし我にをり、我また彼にをらば、多くの果を結ぶべし。汝ら我を離るれば、何事をも爲し能はず。　ヨハネ傳福音書 第十五章五節』

新共同訳聖書によると、次の通り。

『わたしはぶどうの木、あなたがたはその枝である。人がわたしにつながっており、わたしもその人につながっていれば、その人は豊かに実を結ぶ。わたしを離れては、あなたがたは何もできないからである。　ヨハネによる福音書　第十五章五節』
これは、「ぶどうの苑」の名前の由来になった聖句だ。
ぶどうの苑に来て三日目の朝、パパさまに連れられて、沙耶はそのプレートの前に立ってい
た。パパさまは、文語訳でそれを読んでくれた。
「これは、イエス・キリスト様が我々みんなに言った言葉なんだよ。私はぶどうの木、あな
たがたはその枝である、という意味だ。
ぶどうの苑はぶどう畑の中にあるからその名がついたかと思ったかい？　苑のぶどうは、こ
こに書かれているぶどうの木のことなんだ。だから、ここへ来た沙耶は、もう、ぶどうの枝だ。
ずっとここにつながっている限り、心豊かになり、幸せに過ごしていける。豊かに実を結ぶと
言うことは、そういう事だよ」
その話を聞いていた時の沙耶は、苑のまわりの畑がぶどうであることも、わかってはいな
かった。まして、パパさまが話されるイエス・キリストも、なぜその人が自分をぶどうの木だ
と言うのか、他の人をその枝というのか、良くわからなかった。でも、優しく自分に語りかけ
てくれるパパさまが言うことなら、それは本当のことなんだ、と思えた。自分がぶどうの枝と
言われるなら、その通りでありたいと思えるのだった。
『わたしはぶどうの木、あなたがたはその枝である』

その聖書の言葉をパパさまのお説教として、ちゃんと聞いたのはそれからずいぶん経ってからだ。

夏休みには、教会の日曜学校でキャンプがあった。ぶどうの苑の子どもたちばかりでなく、日曜学校に来ている友だちと、近くのキャンプ場に泊まりに行く。

中日は遠足で山に登った。その山には頂上付近は草原になっていて、中央に枝の張った大きな木がある。そこで休憩を取る。

お弁当を食べ、ひとしきり遊んで、その後パパさまの講話があった。

「この木を、良く見てごらん。

大きな太い幹が、地面からまっすぐ、空に向かって伸びていて、手を広げるように、たくさんの枝が四方八方に伸びているね。枝からは葉っぱがたくさんついていて、暑いのに日差しの中でも、涼しい木陰を作ってくれる。

太い幹がイエス・キリストだ。枝葉が広がっているそれらは、僕たち、私たちだ」

真夏の真っ青な空に、深い緑色の葉をたくさん茂らせて、大きな太い木は、どっしりと大地に根付いていた。山頂の草原の、シンボルツリーとしてその山の守り神のようだ。それがイエス様であり、その枝葉が自分たちであるなら、それは素晴らしいことだと、沙耶は思った。

「木は、太い幹だけでは木だとは言わないね。枝葉があり地面には根っこが生えて、しっかりと支えているから、この木は、木と言えるんだ。イエス様は太い幹だけど、それだけでは葉っぱもつけられなければ、花も咲かない。実もつけることが出来ないんだ。君たちが枝葉になってくれることで、木として機能するんだね。

つまり、私たちは枝の先っぽかもしれないけど、もしかしたら、葉っぱの一枚かもしれないけど、それがなければ、木は大きくならないんだよ。葉っぱが太陽の光を浴びて、根っこが大地から水を吸収して、木は育っていく。枝葉がなければ、実は実らない。幹は太くならない。枝葉が重要な役割をしているんだね。

そう。君たち誰一人かけても、木は枯れてしまう。実は実らないんだ。

『わたしはぶどうの木、あなたがたはその枝である』ということは、そういうことなんだ」

大きな木と、パパさまの太い声と、緑深く茂るイエス様のぶどうの木の話は、沙耶の心に強く沁み込んでいった。

その時のキャンプで、沙耶にはもう一つ、忘れられない出来事があった。

友梨香や修二がぶどうの苑に来た経緯を話してくれたのだ。

「私はね。生まれた時からぶどうの苑にいるんだよ。生後間もない赤ちゃんの時、教会の入り口のところに捨てられていたんだって」

自由遊びの時間、キャンプ場から少し離れた森の中に三人は入ってきていた。

まわりには誰もいない静かなところで、友梨香は、大切な二人には言っておかなきゃ、と強く思ったのだ。

「だから、お母さんもお父さんもわからないし、家族とか兄弟とか、おじいちゃん、おばあちゃんも知らないんだ」

沙耶も修二も、それには返事もしなかったけれど、いつも明るく、楽し気に振る舞っている友梨香にも、闇の部分があることに気づかされた。

「私は、パパさまの、ぶどうの木のお話が大好きだよ。お母さんとかお父さんとか関係なくて、イエス様に繋がっていればいいんだ、って、そういう事を言ってるでしょ。『ああ、良かったなぁ』って、ホントにそう思う」

《私も、そうだよ》

と、のど元まで出かかる沙耶を遮るように、修二が言った。

「おいらは、ずっとばあちゃんと、二人っきりで暮らしてきたんだ。母ちゃんも父ちゃんもいなかったよ」

「へぇ〜」

友梨香は初めてきいたその話に、くらいついた。

「赤ん坊の時に、ばあちゃんに預けたっきり、母ちゃんはどこへ行ったか分からないんだって。おいらが小学校に入る前くらいに、ばあちゃんが言ってた。母ちゃんの写真を見せられたけど、ばあちゃんが持っているのは、母ちゃんが高校生の時くらいのものだから、母ちゃんだなんて思えないんだよ」

「そっか～」

沙耶も修二の話に頷く。

「ばあちゃんと二人で、寂しくなかったわけじゃないけど、ばあちゃんが元気な時は、それが普通だと思ってた。

でも、ばあちゃん、ボケちゃったんだよ。コンロの消し忘れとか、ボヤ騒ぎを二回くらい起こして、福祉の人が来て、痴呆（認知症）だって言われて。……病院とかで治療しなくちゃならなくて。だから、おいらはぶどうの苑に来たんだ」

苑に来る多くの子どもと同じで、修二も寡黙な子どもだった。問われることに対して、ああ、とか、いや、とか、短い返事ばかりで、自分の気持ちを話すことはなかった。沙耶はもちろん友梨香にとっても、修二が自分のことを話す姿をそれまで想像することがなかった。

山深いキャンプ地は、人の心を素直にさせるのだろうか。自分自身を振り返らせるのだろうか。うっそうと茂る木々の中で、空は遠く見えないけれど、木々を抜けていく風は、その先に広く広がる世界があることを知らせてくれる。そしてその風は、それぞれの心の中をも通り抜けるのだった。

「ばあちゃんと暮らしてて、おいら、他の子どもと違うって、思ってたけど。苑に来て、ばあちゃんとも離れて、一人っきりになって、ホントに寂しかったよ。怖かったくらいだ。

だから、友梨香は小さい頃からここにいることを知って、友梨香は強いなぁ、って思っていたんだよ」

「私は、おばあちゃんとかの家族も知らないよ。でも、パパさまとか小野寺先生とか、他の先生たちも、ずっと一緒にいてくれたんだ。それは、家族みたいにさ。だから、寂しいって感じることはなかったよ」

「そう言ってくれたよな、おいらにも。……それ、けっこう元気になれた」

友梨香は、フフンと鼻を鳴らし笑顔になって、肩をあげる。

「沙耶は?」

と、修二が言いかけるのと同時に、友梨香は言った。

「私、沙耶が来た時に小野寺先生から言われたよ。沙耶は、ちょっとショックを受けて、記憶喪失になっているんだって。ぶどうの苑にくる以前の記憶がないんだって。……だから、沙耶自身が困ることもあるかもしれないから、友梨香がそばにいて、助けてあげてって」

そう言えば、そんなことを聞いていたかもしれない、と沙耶は思った。でも苑にきた直後は緊張していたし、何もかもが目新しいことばかりで、細かい会話の隅々は忘れてしまっていた。

沙耶は、友梨香の話に言葉を返すことが出来ず、苦しそうにして小さく頷いた。友梨香は、沙耶の顔を覗き込むようにして、しばらくしてから、探るように言う。

「……沙耶? まだ、思い出せない?」

友梨香や修二の話を聞き、沙耶も自分の話をしたいと思った。が、頭の中は白い霧がかかっていて、もがいても何も形になってくれない。ずいぶんと時間が経ってから、沙耶はゆっくりと口を開いた。

「ぶどうの苑に来てすぐの頃は、思い出そうとか、思い出さなきゃ、って、必死だったのよ。でも……」

「そう」

友梨香は、沙耶の言葉に深く頷く。

「でもね。……友梨香が守ってくれたから、そんなことしなくても済んだんだと思う。だから、ずいぶん長いこと、自分が小さい頃の事を思い出せないなんて、忘れてた」

そして、まだ以前の事を思い出せていないことを、首を横に振って友梨香たちに伝える。沙耶は一呼吸おいて、ゆっくりと話を続ける。

「私もね。……私も、友梨香の言うように、パパさまのぶどうの木のお話が、ものすごく好き。……イエス様に繋がっていれば、怖くないし、寂しくもないって本当にそう思えるんだもん。友梨香も、修二もいてくれるしね。私はね、それだけで、大丈夫だと思っているんだよ」

「だよね！」

友梨香は、歓喜の声をあげる。そして、両手を広げて沙耶をハグする。沙耶はそれに応えながら、修二にも手を伸ばす。友梨香はやがて、右手は沙耶、左手は修二と手をつなぎ、三人は輪になって、くるくると回り始めた。

　空が回る。雲が飛ぶ。

　森の木々が揺れる。

「わーい！」

「きゃぁー」

　誰ともなく、声をあげると、それに驚いたように鳥が羽ばたいていって、風がざわめく。

　山の大自然に囲まれて、三人は、これ以上ない歓びを、全身に感じて、いつまでも輪になって回っていることをやめなかった。

第二章　ベール

凍てつくような寒い冬から、春がやってくると、大地が静かに色づき始める。桜の花ばかりでなく、ももの花や杏、さくらんぼやりんご。それは白や薄いピンク色から、徐々に色濃くなっていき、初夏の新緑とも競い合う。すると、風に乗った香りまでもが、とても芳しくなっていく。

それは小学五年生の、五月も終わる頃だった。学校から帰って沙耶と友梨香、修二は苑の園庭で遊んでいた。すると、見知らぬ若い男女が門のそばからこちらの様子を眺めていた。二人とも大きなカバンを担いでいる。旅行の途中のようにも思えるけれど、不安そうに立ちすくんでいるようにも見える。

そばにいた小野寺先生が気づき、その二人に近づいた。ひとしきり話すと、やがてにこやかに笑い、建物の中へ二人を案内し、一緒に入って行った。

「あの人たち、誰だろう……」

友梨香がつぶやくように言うと、古株の寮母、水倉先生は答えた。

「男の子は、佐伯恂也君だと思う。十年前くらい前の、ここの卒園生だわね。女の子の方は、知らない子だけど、たぶん恂也君の彼女さんじゃないかしら」

「へぇー」

沙耶と修二と友梨香も、二人が去った後をぼんやり眺めながら、何があったのか、これから何が始まるのか、考えていた。

しばらくすると、二人と一緒に行った小野寺先生が、水倉先生を呼びに来た。水倉先生は、わかりました、と、勢い良く返事をすると、嬉しそうに建物へ行こうとした。が、途中でなにかに気が付くと、三人の方に振り向き、言った。

「えっと……。私たちやパパさまも、ちょっとこれからバタバタするけど、あなたたちはちゃんと時間を守って、寮に戻っていなさいよ」

「はーい」

三人とも揃って返事をして、水倉先生を見送ったものの、気はそぞろだった。誰もが彼らのことが気になってしょうがないのだ。それでも無理やり、沙耶は言った。

「……そろそろ、部屋に戻る?」

「なわけ、ないじゃん」

修二は言う。

「水倉先生さ。あれじゃ、ついてこい、って言ってんのと同じだよね」

友梨香も言う。

《そうなんだろうか》

沙耶には少しだけ不安があった。でも、これまで友梨香や修二と一緒に行動してきて、間違ったことはなかった。

「オレもそう思う。……行ってみようぜ」

修二は先陣を切って、建物の中に入って行く。友梨香も沙耶もそれに付いて行った。

「ねぇ、どこに行くの？」

小さな声で沙耶が聞くと、

「パパさまのお部屋、院長室に決まってるよ」

と、友梨香と修二は声を合わせた。

院長室の前まで来ても、そこは固く扉が閉まっていて、かすかに人の気配はするけれど、話し声が漏れ聞こえるわけではない。水倉先生や他の寮母が、いつ出入りするかわからないので、廊下を曲がり、院長室の出入りがかろうじてわかるところで待機していた。

しばらくすると院長室からパパさまと件の二人と水倉先生が出てきた。そして別の建物の、教会堂の方へ移動し始めた。沙耶ら三人は、前を行く四人に気づかれないようにそれを尾行して、上手に教会堂に入り込んだ。

広い会堂の後ろの方の座席に三人は身を隠す。見ると、パパさまは式服を着ていて祭壇の前に立っていた。水倉先生はオルガンの前に座っている。件の二人はパパさまのすぐ前に並んで立っていた。女の人は白いベールをかぶっている。

「結婚式だ！」

興奮気味に友梨香は、小さく叫んだ。

「しっ！」

修二は声を落とすように、友梨香を睨む。

水倉先生の、ウェディングマーチのオルガン演奏が始まる。パパさまも、二人も、深く頭を垂れて祈っている。

演奏が終わると、パパさまは声に出して祈った。

「全能の父なる神よ。御名を賛美いたします。これから、佐伯恂也君と香坂美登里さんの結婚式を執り行います。どうぞ、これが御心にかなうものでありますように。

結婚式が、滞りなく執り行われますように。

この祈りを、主イエス・キリストの御名によって、御前にお捧げ致します。アーメン」

その後、ゆっくりと顔を上げると、会堂を見渡して大きな声で言う。

「後ろの席に隠れている三人。こちらに出てきなさい」

三人は、驚いて、顔を見合わせた。息もつけず、動けもしない。

「ここは神様がいらっしゃるところだよ。隠れても、気が付かないわけがないじゃないか。

……怒っているわけじゃないよ。こちらに来たらいいよ」

パパさまの柔らかい声に、意を決して三人は立ち上がると、祭壇の方へ近づいて行った。

「これからこの二人の結婚式を執り行うのだけど、実はキャストが足りないんだよ。……結婚式には、その結婚を見守り、証人となる人が必要なんだけど。きみたちは、その証人になってくれるかい?」

沙耶と友梨香と修二は、お互い顔を見合わせた。そして、声を揃えて答えた。

「はい。なります」

「それは良かった。では、前の席に座って」

三人は、最前列に小さくなって座った。

「では、最初に讃美歌の三一二番を歌います」

「知ってる。見ないでも歌えるよ」

修二が言えば、友梨香は
「いつくしみ深き、友なるイエスは、だよね」

と、小さく歌う。沙耶も何度も頷いて、オルガンの前奏に身体を揺らす。そして三人は、会堂中に響き渡るような大きな声で、讃美歌を歌った。

パパさまにより聖書の朗読と短い説教、祈祷が捧げられる。

「では、新郎新婦に、誓約をして頂きましょう。これから、問いかけをしますから、そう思ったら、『はい、誓います』とお応えください」

パパさまは、恂也に向かって尋ねる。

「新郎佐伯恂也さん、あなたは新婦香坂美登里さんを妻とし、その健やかなる時も、病める時も、喜びの時も、悲しみの時も、富める時も、貧しき時も、これを愛し、敬い、慰め、助け、その命ある限り心を尽くして、支え合うことを、誓いますか」

「はい。誓います」

恂也は大きな声で応えた。すると、パパさまはにこやかに笑い、大きく頷き、今度は美登里に向き合った。

「新婦香坂美登里さん、あなたは新郎佐伯恂也さんを夫とし、その健やかなる時も、病める時も、喜びの時も、悲しみの時も、富める時も、貧しき時も、これを愛し、敬い、慰め、助け、その命ある限り心を尽くして、支え合うことを、誓いますか」

「はい。誓います」

美登里も応えて言った。

本来ならこの後、指輪の交換があるのだが、この場になって、パパさまが恂也にジェスチャで、指輪があるか、と聞くと、恂也は首を振るので、割愛された。

美登里のベールを、恂也があげる。誓いのキスをする場面だが、証人として見つめるのが小学生だと思い出し、軽く頬を触れ合う抱擁をする。

そして促されて、脇の台の上に置かれた結婚証明書に二人はサインをした。

「さて、お二人は、皆さんの前を向いて」

パパさまはそう言って、恂也と美登里を三人に向かい合わせる。

「証人の方々も、起立をお願い致します」

沙耶も友梨香も修二も、飛び上がるように立ち上がった。

「今回は、特別に証人の方々にも、お尋ね致します。

ただ今、佐伯恂也さんと香坂美登里さんが、その結婚を誓いました。証人の皆さん方は、この結婚を認め、祝福しますか」

「はい。誓います」

パパさまの言葉が終わるや否や、修二は声をあげる。すると、パパさまは言う。

「祝福します、って、応えてあげて」

沙耶と友梨香と修二は、顔を見合わせ、声を合わせて、大きな声で言った。

「祝福します！」

「この結婚が、いついつまでも、健やかに、喜びがあふれ、他の方々にも幸せが伝わっていきますように、神様にお祈りしますか」

「お祈りします！」

今度は、軽い合図で声が合わせられた。

「アーメン」

会堂に満ちる祈りの心を、パパさまが「まことにその通りにして下さい」としてくれた。

「神様と証人を前に、二人が夫婦として認められたことを、ここに宣言致します！」

パパさまは、会堂に響き渡る大きな声で、そう宣言した。

歓びが満ち溢れた。

パパさまは、二人に握手を求められた。そして、恂也と美登里に、友梨香や修二、沙耶とも、それぞれに握手をするように促す。水倉先生もオルガンから離れて、二人と握手をする。

「おめでとうございます。ずっとお幸せに」

水倉先生やパパさまが言う真似をして口々に、おめでとうございますと言う。三人とも、恂也や美登里以上に、興奮した面持ちで、握手をし、歓びを分かち合った。

その後、頌栄の讃美歌を歌い、パパさまの祝祷をもって、式は終了となった。

パパさまに深々と頭を下げている恂也や美登里のそばに来て、水倉先生は言った。

「結婚の披露パーティーをしなくちゃね。恂也くんも美登里さんも、これからここで食事を取る時間くらいあるでしょ？　パーティー用のメニューにはなっていないけど、苑でご飯をご一緒に食べて言ってね」

「ありがとうございます」

嬉しそうに言う二人の顔を確かめてから、水倉先生はその準備のため、急いで寮に戻っていった。

「じゃあ、それまでの間、院長室で待っていよう。君たちも来なさい」

パパさまは、恂也や美登里、沙耶、友梨香、修二と共に、院長室に戻った。食事までの時間、話し相手を任されたのだ。

＊＊＊＊

「かけおち？」

耳慣れない言葉に、友梨香は聞き返した。

「ええ。……私たち、どうしても結婚したいと思ったのだけど、私の父が、結婚を反対したのよ。だから、地元を離れて、二人で生活を始めよう、ってことにしたの。……それが、駆け落ち」

美登里は、友梨香に応えて言った。

「なんで、反対されたの？」

友梨香はさらに質問を重ねる。美登里はどう応えたらいいのかわからず、パパさまに助けを求めるように視線を向ける。

「美登里さんのお父さんの気持ちを、推し量るしかないが。恂也は、苑の出身で、実の両親がいないんだよ。だから、お父さんは不安に思ったんだろうね。恂也に何かあった時、美登里さんが誰を頼ればいいいんだろう？　とか考えて。

……後はね、そうだな。お父さんというのは、どんな男性が来ても、娘を手放したくないと、結婚を反対するものなんだよ」

「あっ、そうです。おまえを嫁にはやらん、って、常々言ってました。だから、恂也さんが苑の出身なことを、格好の反対材料にしたんです」

「おれ、お父さんに、土下座してお願いしたんだけど。それが、火に油を注ぐようになってしまって。『そんなに結婚したいんだったら、おれの目の届かないところに行ってくれ』と、逆に切れられてしまって」

「……恂也？　それは、お父さんに美登里さんを託されたんじゃないのかい？」

「そうなんです！」

キラキラと輝いた瞳をパパさまに向けて、恂也は弾むような声で言った。そして、美登里とお互いの顔を見合わせ、笑い合った。

「お父さんに突き放されて、その時は落ち込んだんだけど。……帰り道、美登里に『それって、勝手に結婚しちゃえ』ってことじゃない？　って言われて。それで結婚することに決めたんです」

ニコニコとしているパパさまは、子どもたち三人に向かって、言い訳をするように言葉を繋いだ。

「ここへ入って来ていきなり、『結婚させて下さい』って言われてね。恂也も美登里さんも、キラキラとしたまっすぐな目で見つめてくるものだから、あまり事情も聴かずに、はいよ、と、まずは結婚式をあげてしまったんだよ」

パパさまの言い方も、おどけるようで面白く、先ほどの式の興奮が蘇って、三人も思わず笑いながら、誰にともなく拍手をし始めた。

「ホントに、おめでとうございます」

再び、握手をし合う。

みんなの興奮が収まった頃、恂也はゆっくりと結婚に至る事情を話し始めた。

「苑を卒業してから、調理師学校を経て、イタリアンレストランで、料理人として働いていたんですけど。一年くらい前に、そこに友だちと一緒に食べに来た美登里と出会ったんです」

「そこは、初めて食べに行ったところだったんですけど、なんだか、すごく心温まる気がして、お料理がとってもおいしくって。作ってくれた方に、お礼を言わずにはいられない、って気がしたんです」

美登里が話を繋げる。

「お店を出てから、忘れ物したみたい、って、友だちと別れて、お店の裏口に行ったら、恂也君がいて。お料理、とてもおいしかったです、ありがとうございました、って言ったら、とても喜んでくれて」

「だって、普通いないでしょ？　店で料理を食べた後、料理人にお礼を言いに来る人なんて。驚いたのと、嬉しかったのと。なにより、これからも、もっと頑張ろうと思ったんだ」

「それから、たまに一人でも食べに行くようになり、裏口に遊びに行くようになって。……恂也君と付き合うようになって。結婚を意識し始めるようになったんです」

「おれも、本気で結婚を考えるようになって、美登里にプロポーズしたんだけど。……その時、美登里のお父さんは、結婚を反対している、って知って、ショックでした。ひどく落ち込んで、仕事でも失敗が続いたりしちゃって。……おれ、自暴自棄になってたんです。そしたら、オーナーが事情を話せ、って、じっくり話を聞いてくれて」

恂也は苦悩した顔で、言葉を切った。その頃の苦しい心の内が蘇るのだろう。しばらく唇をかんで、思いふけっていた。

「はじめは、オーナーになんて言っていいかわからなかった。だって、結婚したいのに、相手のお父さんに反対されてて、どうしていいのか分からなくなっている、なんて、仕事の失敗の言い訳みたいだし。それこそ、カッコ悪いし、恥ずかしいし。でも、オーナーはそんな事お見通しで、『美登里ちゃんにフラれたのか？』って聞いてきて。そうじゃなくて、お父さんに反対されてる、って、言わざるを得なくなって」

三人の子どもたちは、恂也の話を食い入るように聞いている。

「美登里は、とても大事に育てられていたから、やっぱりお父さん、お母さんに祝福されて、喜んでもらって結婚したい、って言うし。それなのにおれ、まだ雇われの料理人で、そんなお金もないし、家族もいないし。美登里を幸せにしてやれる自信なんてないし。だから、おれなんかと結婚するの、間違っているのかな、なんて思えてきてしまって。

気が付いたらおれ、オーナーにそんな話をしてたんです。そしたら『お前は、どうしたいんだ。どうなりたいんだ』って、聞いてくれて。

おれ。すぐには応えられなくて。美登里には、幸せになってもらいたい、とか、お父さんに結婚を反対するのをやめてもらいたい、とか、美登里を幸せにできる自分になりたい、とか、ピント外れなことを言っていたんです」

「違うよな」

急に、パパさまの野太い声が響いた。聞いている三人の方がビクッと、身体を震わせる。

「そうです。違ったんです」

美登里は、何度か聞かされた話だったのだろう。微笑みながら、うつむき加減で、静かに話を聞いている。

「オーナーには、『自分の胸に手を当てて、真剣に考えてみろ』って、怒鳴られて。考えました。一晩中」

三人は、生々しい恋の行方に、息をするのも忘れたようだ。

「おれは、美登里と結婚したい。幸せな家庭を作りたい。……おれは、真剣にそう思っているって、確信を持って。……そこまでに至るのに、ホントに一晩かかっちゃいましたけど」

「そうか」

「その、すぐ後に、意を決してお父さんに会いに行って、土下座までしたんだけど、『目の届かないところに行ってくれ』って言われて。美登里には、『結婚しちゃえ、ってことじゃない？』とは言われたけど」

「混乱するよね。……ホント、どうしていいか、わからなくなっちゃうよね」

修二が、思わず声をあげる。

「そうなんだ。その時は、絶体絶命な気分で帰ってきたら、オーナーに見咎められて。……玉砕です、なんて言ったら。『お父さんに反対されたくらいで、自分自身を諦めるのか？　結婚して幸せになるんだ、と決めたわけじゃなかったのか？』って言われて。

正直なところを言ったんです。美登里と一緒にどこか遠くに行って、結婚したいって。でも、それは、今ここから逃げ出すことになるんじゃないか。この店の仕事を放り出すことみたいに思えて、出来ないでいるって」

「そしたら、オーナーさん、恂也君に言ってくれたんです。『俺はおまえを、どこの料理店に行ってもやっていけるよう仕込んだつもりだよ。もう、充分一人前にやっていけるんだから、大きな顔をして出ていけばいい』って」

「それだけじゃなくて。自分の師匠というか、先輩が、そろそろ引退を考えていて、その店を切り盛りしてくれる人を探しているっていうんで、『おまえ、そこへ行けばいい』って、おれを紹介してくれたんです。その店、東京の郊外にあるんですけど。おれたち二人を雇ってくれることになっているんです」

「おお！　なんという、恵み深き父よ。恂也を守り、お導き下さり、本当にありがとうございます」

パパさまは突然、手を組み、その手を高く上げて、天に向かって感謝の祈りを捧げた。

「恂也！　神様のなさることは、実にチャーミングじゃないか！」

その言葉はパパさまのオハコ（十八番）だった。もっとも沙耶は、その時初めて聞いたのだけれど。

「実に素晴らしい。恂也は、恵みのオーナーの下で働いていたんだね。ありがたい。感謝しかないね」

「はい！」

恂也も美登里も、神妙な顔をして頷く。

「祈ろう」

パパさまは、組んだ手を胸に当てて、頭をもたげた。倣うように、恂也も美登里も、友梨香、修二、沙耶も、手を組み、目をつむり、祈りの姿勢をとる。パパさまの通る声は、祈りの心となった皆を包み込んでいく。

「全能の父なる神よ。御名を賛美いたします。

先に、佐伯恂也君と美登里さんの結婚式が、みこころにかなうものとして、無事執り行われました。深く感謝いたします。

今、その結婚に至るまでのお話を伺いました。その道すじにあなたのお恵み、お導きを感じずにはいられません。特に、恂也がお恵み深いレストランオーナーの下で働き、良き指導を受け、そして、結婚に際し、素晴らしい導きを与えて下さったこと、ありがたく、感謝でいっぱいです。どうぞ、そのオーナーがこれからも守られて、豊かな実りの日々を過ごされますように、切にお願いいたします。

結婚をし、これから東京に行きます恂也と美登里さんも守られて、導かれて、感謝を忘れずに。いついつまでも、健やかに、喜びがあふれ、他の方々にも幸せが伝わっていきますように。

この祈りを、主イエス・キリストの御名により、御前にお捧げ致します。アーメン」

「アーメン」

祈り終わりの時を待っていたかのように、しばらくして院長室がノックされ、水倉先生が入ってきた。

「ささやかだけど、結婚披露パーティーの用意が出来ましたから、食堂にいらして下さい」

ぶどうの苑の一同が集まる食堂は、毎月一回行われるお誕生会の様相にデコレーションされている。輪飾りが飾られ、紙の花がつけられ、正面には、Happy Weddingと書かれた模造紙が掲げられている。

恂也と美登里はその下の席に座らされた。

食前の祈りが捧げられた後、水倉先生は言った。

「いつものお誕生会だったら、ハッピーバースデーの歌を歌うのだけど。ハッピーウェディングの歌は、えっと……、ウェディングマーチをみんなで歌いましょう」

「タンタータタン、タンタータタン、タンタータタンタータ、タンタータタン……」

手拍子と共に、苑の子どもたち全員が、大きな声で歌う。その後、クラッカーが鳴らされ、みんな口々に『おめでとうございます』と声をあげる。拍手がなりやまない。

はじめは、笑顔で『ありがとうございます』と、恂也と共に応えていた美登里だったが、子どもたち誰もが、本当に嬉しそうに、温かく声をかけてくれることに気が付き、胸に迫るものを感じ始め、こみあげてきて、泣き出してしまった。歓喜に湧いていた食堂は、美登里の涙に驚き、次第に静かになっていく。

「ごめんなさい。……あまりにも嬉しくって」

そう言いながらも、美登里の嗚咽はしばらく続いた。

「ありがとうございます。本当に、本当に、どうもありがとう。

私、恂也さんに言われてたんです。『おれには家族がいないから、君にさみしい思いをさせてしまうかもしれない』って。だから、そう、覚悟してたんですけど。

悔也さんったら、こんなに大勢の家族に囲まれているじゃないですか。

大勢の弟とか妹とかいて、お母さんもお父さんもいて。結婚したことを心から祝ってくれて。そう思ったら、本当に嬉しくなって、幸せだなぁ、って思って。感謝で、胸がいっぱいになって。涙がこぼれてきてしまった。心配しないでね。この涙は、うれし涙なの。感動して、感激した涙だから。

本当に、皆さん、どうもありがとうございます」

深々と頭を下げる美登里と共に、恂也も頭を下げる。食堂のみんなは、その二人の姿に、いつまでもいつまでも、拍手を送り続けていた。

＊＊＊＊

それからしばらくして、沙耶たちは日曜学校の礼拝の時に「カナでの婚礼」という聖書の御言葉を知った。

ヨハネによる福音書第二章一節からのくだり。

ガリラヤのカナで婚礼があり、イエスの母マリアもいて、イエスや弟子たちも婚礼に招かれていた。ぶどう酒がなくなったので、母はそれをイエスに伝えるが「わたしの時は、まだきていません」と言う。その後、イエスは石の水がめ六つに、水を一杯に入れるよう命じられ、それを料理がしらに持って行くと、それは良いぶどう酒に変わっていた。

『イエスは、この最初のしるしをガリラヤのカナで行い、その栄光を現された』

（ヨハネによる福音書第二章十一節、口語訳）

聖書が読まれ、パパさまのお説教を聞きながら、沙耶は、恂也と美登里の結婚式のことを思い出していた。そして、イエス様が結婚式で、水をぶどう酒に変えるという奇跡を、最初になさったことだと知って、なにか符合するものを感じていた。

聖書の中で料理がしらは花婿を呼んで、こんなことを言う。

「どんな人でも、初めに良いぶどう酒を出して、酔いがまわったところにわるいぶどう酒を出すものだ。それだのに、あなたはよいぶどう酒を今までとっておかれました」

沙耶にはその言葉が、美登里が言っていた言葉と重なって聞こえる。

『恂也さんは、家族はいないから、君にさみしい思いをさせるかもしれないと言っていた。だけど、結婚式をしたら奇跡が起こり、素晴らしい家族に出会うことができた』

素晴らしい家族とは、良いぶどう酒とは、私たちのことなのだ、と思うと、沙耶は言い知れぬ歓びが湧いてくる。誇らしい気持ちになる。その思いは、沙耶の心に深く刻まれ、忘れえぬ思い出となった。

友梨香にとっても、恂也と美登里の結婚式は、大切な記憶になる。沙耶とは違って、純粋に教会で上げる結婚式に憧れ、仲睦まじく、結婚を心より喜んでいた新郎新婦に思いを募らせていたのだが。友梨香は密かに、それを人生の目標としていた。

『教会で結婚式を挙げる』

ただそれだけのことだが、それは大きく人生を舵を切っていくことになる。

第三章　初　恋

沙耶と友梨香と修二の関係が少し変わってきたのは、中学三年の秋が深まった頃だった。

学校からの帰り道、中学生になりそれぞれが違う部活に入っていたから、沙耶と友梨香は一緒に帰ることも少なくなっていたのだが、その日友梨香は沙耶を待っていた。友梨香には珍しくもぞもぞとした口調で、沙耶に話したいことがあるから一緒に帰りたい、と言ってきた。だから校舎の出入り口で待ち合わせをしたのだ。

夏の暑さが去ると、秋は急にやってくる。お彼岸が過ぎるとどんどんと日が短くなっていて、学校から帰るころは日も陰っていた。

校門を出て、二人のんびりと苑への道を歩いていると、ようやく友梨香は神妙な面持ちで口を開いた。

「修二は、沙耶と私と、どちらの方が、より好きなんだろうか」

「……えっ？」

思いもよらない話に、沙耶は立ち止まってしまった。でも、友梨香はそれに気づかず、両手で前に持った学生カバンを膝で蹴るようにしながら、ゆっくり歩き続けている。

「私はもう修二と、幼馴染の友だち同士ではいられなくなってきている。……修二のことが好きなの」

沙耶は、少し走って友梨香に追いつき、歩調を合わせると、つぶやくように話す友梨香の言葉を拾った。

突然の友梨香の告白に、沙耶は戸惑った。男女の恋愛を意識する年頃ではあったが、自分では極力考えないようにしてきた。

「沙耶は、どう思っているの？」

友梨香は沙耶を正面から見据えて問う。先程の弱気な様子からうって変わり、いつもの友梨香の態度に沙耶は少しのけぞるほかなかった。

沙耶の苦笑いを、照れたように受け止めた友梨香は大きく息を吐き、また前を向いて歩き始めた。

ずいぶん時間がたってから、沙耶は言った。

「私は、修二のことは、友だち以上には思えないよ。……と言うより、兄弟なのよ。……それが恋愛感情になることはないな」

「……そっか」

「だって、私は本当の両親も兄弟も、記憶にないし、いるのかいないのかもわからないのよ。

ぶどうの苑のみんなが兄弟で、先生方がお母さんなの。それ以上に、考えられない」

口ごもるように言う沙耶に、友梨香も言う。

「私だってそう。……ずっとパパさまがお父さんで、寮母の先生がお母さんで、沙耶や修二が兄弟で、それでいいって思ってた。そういう風にしか考えられなかった」

沙耶の言葉を踏襲する友梨香は、一端はそこで言葉を切ったが、小さなため息をつくと続けた。

「でも、最近、これから高校生になり、社会に出ていくことを考えると、……このままでいいのかな、って考えてしまったの。

大人になるって、今までの場所から旅立つことじゃないのかな。考え方を変えていくことじゃないのかな、って。

そんな風に、気持ちが変わったことを意識したり、考え方を変えたりしたら、……修二のことが男性として好きな自分に、気が付いてしまったの」

小学校の頃は、自分と友だちとの関係性や距離感を、考えたことなどなかった。中学生になると、学校の勉強も中間試験、期末試験があり、個人の学力が問われる。そもそも学科により違う先生から学び、自然と得手不得手が出来てきて、その上試験により学力差を明示されると、自分と人との差を意識せざるを得なくなる。以前は無邪気に遊んでいた友だちとも、話が合う、合わないが出てきて、付き合わなくなる。クラスが変われば、尚のこと疎遠になる。そんな中でも、離れたくない友だちがいたりする。気になり、好きだなと意識する人ができる。思春期とは、そういう気持ちが高鳴る時期だと言われている。

沙耶の場合、男の子にそういう意識が向かなかったのが、自分でも不思議だったのだが。とはいえ、友梨香の気持ちの変化は、充分に理解できた。

「私はね。男の子と付き合いたいって、思わないのよ。好きになれない、っていうか、距離を近づけることが怖いというか。……どうしてそうなのか、自分でもわからないけど。……でも、友梨香の気持ちはわかるような気がするよ。修二はいい人だもの。好きになっても不思議ではない」

「……」

黙って頬を赤らめている友梨香に、沙耶は言い続ける。

「私の気持ちは、たぶん、修二は兄弟のままだと思う。……もし、友梨香と修二がつき合うようになっても、私は、嫉妬したりしない。むしろ、応援する気持ちでいられると思う」

「ほんと?」

「私にとって、友梨香も修二も大切な、大事な友だちなんだよ。それは、少しぐらい関係が変わってしまっても、絶対に変わらないと思う」

「そっか」

「友梨香は、修二のことを好きになっていいと思うよ。……私が言うのもおかしなことだけど」

誠意を持って言った言葉は、友梨香にまっすぐに届いた。友梨香は頬を赤らめたまま、言い知れぬ歓びを噛みしめている。

「……友梨香。……修二にコクってみたら？」

「えっ？」

自分の気持ちが不確かだったから、友梨香は沙耶に話したかったのだ。その先のことなど、考えてはいなかった。

「自分の気持ちに気づいてしまったら、それを言わないでいられるほど、私たちって大人じゃないよ。……友梨香ったら、顔に出るたちだし。だから、早めに修二に、告白してみた方がいいと思う」

「うーん」

自分のことではなく他人事だと思うと、大胆になる。特に沙耶はふだん友梨香に言われることが多かったから、この時とばかりとしゃべり続ける。

「でも、男の子って普通そうだし、修二は特にそうだと思うけど。……幼いから。きっと、友梨香の告白に、戸惑うと思う」

「そうだね」

「友だちとしか、考えない、って言うような気がする」

「うん」

「友梨香は、修二が恋愛感情を持ってくれるまで、待っててあげられる?」

「えっ?」

「修二がどんな反応をしても、どんな風に言ったとしても、ドーンと構えていられる?」

「……」

友梨香は眉をひそめ、唇をかんだ。

「私はね。もし、友梨香がコクって、今までの三人の関係が壊れてしまったら、それが一番悲しい。私が、修二や友梨香と気まずくなるのは、つらいし。友梨香が、修二と話せなくなったら、それも悲しい。……だから、コクるのはいいけど、付き合えないなら、友だちも終わりだなんてことにならないようにして欲しい」

言い始めたのはいいが、結構自分勝手なことを言っている、と、沙耶自身も感じていた。でも、いずれ変わっていく関係性や距離感であっても、少しでも心地良い状態であって欲しい。そのために必死になるのはしょうがないことだ。

「……わかった。少し作戦を考えて、それで、正直な気持ちを言ってみる。……でも、友だちではいようね、って、ちゃんと言えるようにする」

友梨香の決意した言葉に、二人は笑顔で見つめ合った。

その後、友梨香から告白したと聞いたが、どんな風に言ったのか沙耶は知らない。なぜか根掘り葉掘りと聞く気にはなれなかった。話しにくいことだろうし、必要ならいつか話してくれるだろうと思っていた。

友梨香と修二の仲は、少しだけ近づいたようだが、恋人のようになったとは言えない。ただ少しだけ彼ら二人と沙耶とは、距離が出来たような気がする。それが、友梨香と修二の関係性なのだろうと思えた。

＊＊＊＊＊

それからほどなくして、ある日、学校から帰ってくると、神妙な面持ちのパパさまに修二だけが院長室に呼ばれた。しばらくして沙耶や友梨香のところに戻ってきた修二は、焦点の定まらない眼をしていた。

「何か、あったの？」

淀んだ空気に耐えられなくなった友梨香が、うつむいている修二に詰め寄った。

「……ばあちゃんが、死んだそうだ」

息をのんで、友梨香も沙耶も固まってしまう。身内から隔離されて一人で生きてきた自分たちには、突然の身内の死にどんな反応をしていいのか、全くわからなかった。

「おれ、ばあちゃんがいたことさえ、忘れていたんだよ。……ここへ来て七年もたっていて。家族のことなんて考えないで生きてきて。

今、パパさまから、施設に入っていたばあちゃんが亡くなったって知らされて、それでも、自分に起きた不幸のように思えなくて。だから、愕然としていたんだ」

友梨香も沙耶もしばらくの時間、修二の言葉を自分のことのようにかみしめていた。

「明日、ばあちゃんを火葬場で荼毘に付すそうだ。パパさまと行ってくる」

修二の言葉に頷き、こんな時はお悔やみの言葉をかけてあげるのが大人の対応だろうと、沙耶は考えて、口を開こうとした。

「それで、友梨香。……一緒に、火葬場に来てくれないか」

「えっ？」

少しだけ光を取り戻した目で、修二は友梨香に言った。

「ばあちゃんを、おれの家族として、友梨香に見ておいて欲しいんだよ」

「……家族？」

「ずっと先の将来かもしれないけど、俺は友梨香と家族を作る。……そう、決めてるから」

その言葉に、沙耶より友梨香の方が驚いていた。パクパクと口を動かしていても言葉にはならず、息もつけない様子で、そのまま倒れてしまうのではないかと思えた。

やがて、顔をくしゃくしゃにゆがめて、泣きそうになりながら、友梨香は幾度となく頷き始めた。小さく震え始めた友梨香の肩を抱えて、沙耶も一緒になり頷く。そして自分たちが温かいものに包まれていくのを感じていた。

次の日、中学の制服を着た修二と友梨香は、パパさまに連れられ火葬場に出かけて行った。

＊＊＊＊＊

いつの間にか、すっかりと冬景色になっている。来週がクリスマスだという待降節三週目、期末試験も終わり、高校の進路の話や手続きも一段落して、ぽっかりとした時間があった。

「あっという間にクリスマスだし、今年も、あと半月で終わっちゃうんだよ。ちょっとヤバイよね」

沙耶が苑の食堂のテーブルで、一人ぼんやりしているところを見つけて、友梨香が話しかけてきた。

「そうだね」

参考書や教科書を広げ、勉強している体を作りながらぼーっとしているところを見透かされて、沙耶は気まずく思いながら、教科書を揃え始めた。

「私は、こうまでクリスマスが近づくと、もう勉強なんて手につかないよ。沙耶は偉いね」

「私たち、受験生だよ？」

「そうなんだけどさ」

友梨香は沙耶にはお構いなしに、身をつけるようにして、沙耶の隣に座りこんだ。

「私さ。ずっと沙耶に謝りたいと思っていたの」

言葉とは裏腹に、ニコニコと笑いながら友梨香は言った。

「今、時間あるよね。少し話し込んでいい？」

断わりを入れながらも、友梨香はすぐに話し始める。

「修二のことで、私が沙耶に話した時、私は沙耶をすごく牽制していたよ。沙耶も修二のことが好きなんじゃないかと思っていたし、修二も沙耶の方が好きだったら、私はどうしたらいいのかと、悩んでいたから。……考える出発点がそんな風だったから、沙耶にも修二にも、探るような気持ちでいたんだ」

「……なんか、それ、わかった」

友梨香から目を背けるようにして、沙耶は言う。

「沙耶が、修二に恋愛感情はないって、きっぱりと言ってくれて、修二にコクった方がいいって言ってくれて。……私、本当に嬉しかったし、力づけられたんだよ。……お礼も言ってなかったね。ありがとう。……そして、ごめん」

「謝ることなんてないよ。……ウマくいっているようで、良かったよ」

「うん」

修二の祖母を荼毘に付すため火葬場に行った二人は、それから明らかに変わった。将来のことを誓い合う仲になったのだろう。朗らかに付き合い出した恋人のようだった。

嫉妬はしないと公言していた沙耶だったが、そんな二人を羨ましいと思ったし、取り残された孤独を感じていた。しばらくは必要以上に近づかない方がいいと、心掛けて距離を取っていた。

友梨香も沙耶の気持ちを察してか、遠巻きに話さないでいたのだが、この頃になって、快くクリスマスを迎えるためにも、沙耶と言葉を交わしておいた方がいいと思い直したのだ。

そう決心をして話し出した友梨香だったが、その先を言い淀んでいる。しばらく待っても言い出そうとしないので、沙耶は肘で友梨香を突いた。

「で、……修二とはイイ感じなのよね？」

「それが……」

「えっ？」

言い難そうにしている友梨香に、沙耶が催促の表情をすると、重い口を開く。

「修二に言われたの。『おれは、将来君と結婚して家庭を築きたいと思っている。だけど、……今すぐにキスとか、その先のことはないから。少なくても学生でいる間は、そういうことは考えたくないんだ』って」

「……キスとか、その先は、なし？」

しおらしくしている姿が、いつもの友梨香らしくはなく、沙耶は笑いを堪えながら尋ねる。

「それも、修二のおばあちゃんのお葬式の帰り、パパさまがいるところで言うんだよ。パパさまも聞いてて、『それは、もっともだ』なんて言うんだよ。……もう、私だって、どんな顔をしたらいいのか、わからなくなっちゃったよ」

「ふーん」

沙耶は堪えきれなくて、クスリと笑う。

「付き合う、って、いつかはそういうこともあるのかなぁ、なんて、期待したりするじゃない？ ……キスくらいは……、とかさ。……修二ったら、それもないんだって」

友梨香の言葉に、沙耶は声を立てて笑い出す。

「えっ？ そう思うのって、女の子として恥ずかしいことかな？ 私って、淫乱かな」

友梨香は沙耶に食いついてくる。

「いや、そんなことはないと思う。……でも、修二がそれを言うのって、修二らしいし、ホントに友梨香のことを思っているからだと思うよ。大丈夫だって」

ひとしきり笑った後、それでも真剣に思いつめている友梨香を沙耶は宥める。

「修二は修二で、真剣なんだよ」

沙耶の言葉を聞いて、友梨香は大きなため息をつくと、かみしめるように言い募る。

「言われた直後は、ちょっとショックだったんだよ。なんか、期待をはぐらかされたような感じで、思ってたのと違う方向にいきそうで。……でも、考えてみれば、確かに、修二が言いそうなことだし、そんなことを言う修二だから好きになったのかな、って思えてきた」

友梨香の言葉に、沙耶は目を見開いた。

「そんな話を聞かせて、友梨香ったら、のろけたかったの？」

「えっ？　……だから……」

「やだな。見せつけているの？　私に？」

「だから、その、……沙耶には謝らなきゃ、って思ってて。……ごめんね」

友梨香は慌てたようにして、沙耶に向かって手を合わせる。

「もう、まったく。……心配して、損しちゃったかな」

顔を背け怒った風を作っても、それは沙耶の本心ではなかった。

「沙耶と話せないでいて、すごく気がかりだったんだ」

「いいよ。わかってたよ」

口では怒っている風でも、沙耶の目は笑っていた。苦笑していたが、いつまでも怒っている振りもできず、やがて沙耶は友梨香の頭をなでる。

そしてしばらく二人は、言葉にはならない、空気で伝わるあたたかいものを味わっていた。

「でもね、でも。……修二にコクってみて、私が思い描いていたのと、違うことになっちゃった、っていうのは、ホントのことだったんだよ。……おばあちゃんが亡くなったのだって、どういう風に慰めたらいいか、すごく気をもんだし。

修二が思うような女の子になりたい、って思ったり。そうなれないと落ち込んだり。……それに、……そんな事、沙耶にも、話しづらいし、どうしたらいいかわからなくなるし」

友梨香の言葉に、沙耶はしっかりと頷く。

「そっか。……そうだね。相談されても、困ったかもね」

「そうだよ」

ようやく少し、以前の二人の関係に戻れたような気がする。

「おばあちゃんのお葬式とかあって、ホントに色々考えちゃったんだ。でもね、今頃になって、ようやくわかってきたことがあるの。『その時は、用意されている』ってこと。だから、待とう、と思ったんだよ。その時は、きっと来る。神様が用意していて下さる、って。そう思ったのね。それを、沙耶にも聞いてもらいたいと思ったの」

そう言うと、友梨香は修二の祖母のお葬式の顛末を話し出した。

＊＊＊＊＊

お葬式と言っても、火葬場でご遺体を荼毘に付すだけの簡単なものだった。祖母が入っていた施設からは宮園さんという女性が来ていた。いよいよ棺を炉に入れる段になり、パパさまと、修二と友梨香、宮園さんと共にお祈りを捧げた。

『天が下のすべての事には季節があり、
すべてのわざには時がある。
生るるに時があり、死ぬるに時があり、
植えるに時があり、植えたものを抜くに時があり、
殺すに時があり、いやすに時があり、
こわすに時があり、建てるに時があり、
泣くに時があり、笑うに時があり、
悲しむに時があり、踊るに時があり、
石を投げるに時があり、石を集めるに時があり、
抱くに時があり、抱くことをやめるに時があり、
捜すに時があり、失うに時があり、
保つに時があり、捨てるに時があり、
裂くに時があり、縫うに時があり、
黙るに時があり、語るに時があり、
愛するに時があり、憎むに時があり、
戦うに時があり、和らぐに時がある』

それにどんな意味があるのか、お骨になるのを待つ時間に、宮園さんの話で知ることになる。お祈りの途中、聖書の「伝道の書」第三章一節から八節（口語訳）までが読みあげられた。

宮園さんは、修二の祖母のことを、西嶋のおばあちゃんと呼ぶ。

「きっちり、担当が決まっていたわけではなかったんですけどね。西嶋のおばあちゃんは、このところずっと、私がお世話をしていたんですよ。

私も、このお仕事は長いので、色々なお年寄りのお世話をしたり、関わり合ってきましたけど、西嶋のおばあちゃん程、穏やかで、もの静かで、手のかからないおばあちゃんはいらっしゃいませんでした。いつもいつも、じっと待っていらっしゃるんです。

……ほら、お食事の時間とか、お風呂とか、リクリエーションの時間とか、そういう時って、誰もがなんとなく、我先にと急いだり、急がせたりするんですよ。ここぞとばかりに自分を主張するっていうか。……それは、お年寄りの特徴であり、そういうのがあって当たり前なんですけどね。特に、痴呆（認知症）が進むと、そういうことが強く出てきて、職員も対応に困ったりするんですけどね。……お年寄りの特権とでもいうのでしょうか。多少のわがままはしょうがないのかな、って感じでしょうか。……でも、西嶋のおばあちゃんには、それが全くないんですよ。お部屋を覗くと、いつもニコニコして待っていてくれているんです。

長いこと西嶋のおばあちゃんは施設にいらしたのだけど、何もお話しにならないし、お見舞いの方はいらっしゃらないしで、私も他の職員も、西嶋のおばあちゃんのことを、何にも知らなかったんです」

ポツリポツリとうつむき加減に、パパさまと修二や友梨香に聞かせるように、宮園さんは話す。

「西嶋のおばあちゃんからお話されないから、私はよく、自分の話をしたんです。おばあちゃん同士で話すこともなかったから、噂を立てられる、なんて心配もなく話せましたし、愚痴や悩みごとも、黙って聞いて下さったから。

いつだったか、自分の子どものことを話したんですよ。ちょうど反抗期真っただ中だった頃だったのかな。ウチの子ども、親の言うことを全く聞かないで、反対のことばかりするんですよ。こっちが良かれと思って、やってあげたり、言ってあげたりしても、うるさいな、って言われて、ウザがられて。その頃はこっちも、気持ちがすさんで、イライラしていて、怒鳴ったり、叱ったりすると、余計こじれてしまって。……そんなことを、西嶋のおばあちゃんに愚痴っていたんです。

そしたらね。おばあちゃん、こんな風に言って下さったんですよ。『お天道様は、見ていて下さるよ、って言ってあげればいいよ』って。『お天道様は、必ずいいようにして下さるんだよ。そうなる時を与えて下さる。それを、待っていればいいんだよ』って」

宮園さんの話を、黙って聞いていた修二の顔に、表情が戻ってきた。

「後にも先にも、その時、一回だけだったけど。何しろ、おばあちゃん寡黙な人で、普段はほとんど話さなかったから。だから余計、心に響いて、子どもに対して、ガミガミ言ってもしょうがないんだな、待っていてあげなきゃいけないな、って、ほんとに、そう思ったんです」

「おれもそれ、言われていたよ。『お天道様が見ているよ』っていうの。……話を聞いて、今、思い出した」

修二が言う。

「ばあちゃんと別れて、ぶどうの苑に来て、まだ慣れなくて、寂しかった時、ばあちゃんのその言葉を思い出して、お天道様っていうのが、きっと神様のことなんだなって思ったんだよ。……そうしたら、すごく安心できて、気持ちが落ち着いたのを覚えている」

修二の言葉に、パパさまも宮園さんもニコニコと笑って、大きく頷く。

「私に向けて言ってくれた『お天道様は、必ずいいようにして下さるんだよ。そうなる時を与えて下さる。それを、待っていればいいんだよ』って言葉は、それ以来、宝物のように大事にしています」

「そうですか」

パパさまは、宮園さんの話に大きく頷きながらそう言った。ふと、気が付いたように修二はパパさまに尋ねる。

「パパさまがさっきお祈りの時に、伝道の書を朗読したね。それって、ばあちゃんのそんな話を知っていたからなの？」

パパさまが答えるよりも前に、宮園さんも聞いた。

「あ、私もそれ、気になっていました。まるで符合するような聖書箇所だったので、鳥肌が立つような思いだったんですよ」

パパさまはニコニコと笑いながら、首を振って言う。

「これこそ、神様のお許らいですよ。……僕は、修二のおばあちゃんのことを全然知らなかったんですから」

パパさまは、修二の手を取り、友梨香の手を取り、宮園さんにもそうして、その後胸の前で手を組んで祈るようにしてから、ゆっくり顔をあげた。

「今朝、こちらへ来る準備をし終えて、出かける前の祈りを捧げたんですよ。その時に、この伝道の書を朗読箇所にしよう、と思えたんです。ああ、神様がそうしなさい、って言って下さっている、って、確信を得て」

四人がそれぞれに大きく目を開いた。

「神様はね。時々チャーミングなことをして下さるから、こんなことも起こるんですよ」

パパさまは破顔して笑った。

「『天が下のすべての事には季節があり、すべてのわざには時がある』……そうだね。神様はすべてお見通しで、ご計画をなさって、その時を用意して下さっているんだね。修二のおばあちゃんは、その御言葉をちゃんとわかっていたんだね」

その言葉が、染み入るように日々の生活の中で感じるようになった友梨香は、その場にいなかった沙耶にも伝えておきたいと思った。そして、宮園さんのように、修二のように、自分も、沙耶にも、その言葉が宝物であるように願い、祈った。

※口語訳聖書の「伝道の書」は、新共同訳聖書では「コヘレトの言葉」となっている。
コヘレトとは「集会を招集する者」「集会の中で語る者」の意味。「コヘレトの言葉」は、死に運命づけられた人間の生の意義について考えた、ある知恵者の書。

第四章　花　壇

高校を卒業して、修二は地元の大きなぶどう園のワイナリーに就職し、その独身寮で生活するようになった。沙耶は看護学校に進み、友梨香は保育士になる学校に進学した。自活し学費も払うためにアルバイトをしながらの学生生活は、けっして楽なものではなかった。が、沙耶と友梨香はお互い励まし合いながら、それぞれの道を歩んでいた。

看護学校の三年生になると、いよいよ病院での実習が始まる。座学とは全く違ってすごく辛いんだよ、と、先輩たちから散々脅されていた。確かに、教室で教えられてきたことだけでは通用しない実践の世界は、いつも緊張を強いられ、厳しかった。

実習で小児科に配属されてしばらくたつと、沙耶は胸のあたりが差し込むような痛みに襲われた。胃痛とも違う。肺や心臓の疾患でもなさそうだ。指導に当たってくれている女医の速水先生に相談し診察を受けたが、その原因はわからなかった。

「心因性のものかもしれないわね。谷平さん、ストレスをためている感じがするもの。お休みの時は、実習のことは忘れて、休養を取るか、好きなことに打ち込むかするのよ」

先生にそう言われても、自分では思い当たるところがなく、ストレスをコントロールできていないと指摘されているように感じる。

それでなくても厳しい実習期間中、全力で頑張らなければならないのに、ふいに襲ってくる胸の痛みは、恐ろしい爆弾のようだ。沙耶は砂を噛むような思いを押し殺して、持ち場に戻った。

子どもが小さな体で病気と闘っている姿は、それを見ているだけでも辛い。本来なら自由に動き、遊び回っているであろう子どもらしさを封印して、ベッドに縛られ小さな部屋に閉じ込められている。子どもによっては、酸素マスクが外せなかったり、車いすでの移動を余儀なくされている。病気という現実は、生きるという活動と相反するものだが、大人なら頭で理解して折り合いをつけられるだろうが、子どもにそれは難しい。本能のままに動き過ぎてしまい、後から重篤な症状が出ることはままある。

担当患者の少年卓也がそうなった時、沙耶の胸の痛みは息もつけないほどになった。

「だから、充分に注意してね、って、言ってあったよね」

卓也が鎮静剤を投与され、眠りについたのを見計らい、速水先生は沙耶と正規の担当看護師の木村諒子を呼び出して、怒りをぶつけた。

「お言葉ですが、先生。卓也君は多動傾向にある子どもで、押さえつけでもしない限り、じっとしていなかったんです。それで、……さっきは、捕まえようとしたら暴れだしてしまって。……だから、発作を誘発してしまったんです」

「でも、そこを何とかするのが、看護師の仕事でしょ？　谷平さんもフォローに入ってくれてるんだから、絶対安静を守らせるようにしてくれなきゃ」

「わかりました！」

勢い良く返事をして、速水先生の言葉を遮ったのは沙耶だった。速水先生も諒子も、沙耶のそうした態度にのけぞり、引いてしまい、次の言葉を失った。そして、速水先生は苦り切った顔を見せながらも、沙耶の憔悴しきった様子に、早々に切り上げその場を去って行った。

沙耶と二人きりになると、先生に言い足りなかった分、諒子は沙耶に文句を言い始めた。

「実習中だからしょうがないかもしれないけど、そんな物分かりのいい子ばかりを演じていては、ダメだからね」

「……すみません」

「だから！　そういう風に謝ってばかりじゃいけないってこと。……先生たちは、どこか看護師を見下しているところがあるの。自分の手足みたいにあしらう所があるっていうか。部下みたいに思っているっていうか。……そもそも、医師と看護師は職種が違うんだからね。そのことは、肝に銘じておいて。……先生の言うことを、はい、はい、って聞くだけじゃダメなのね。ちゃんと自分の見解も主張しなきゃ、ってこと」

「はい」

「……」

諒子はまだ三年目の看護師だ。実習であたふたとしている沙耶の心情が、わからないわけではなかったが、いつも自分を押し殺している沙耶のことが、もどかしく、じれったかった。

「すみません。……自分の見解とか、そんなことより、結構元気だった卓也君が、いきなりぐったりして、発作を起こすなんて。……正直、ちょっと予想していなくて、びっくりしてしまって。……本当に、申し訳なく思っていたんです」

沙耶にとって、卓也の急変はショックだった。自分が誤った対応をしてしまったと動揺しているところに、速水先生から強く叱られ、諒子からも注意を受け、混乱していた。

「ちゃんと、看護師として見ているつもりだったんですが、実は、卓也君と一緒になって遊んでいたかもしれない、って思えてきて、私、……何しているんだろう、って」

「そりゃ……、まだ、そんな余裕ないの、わかるし、……患者の症状なんて、予想外のことばかり起こるけど。……それにいちいち驚いていたら、看護師の資格が問われるよ」

「本当に、すみませんでした」

「実習中だから、って、ミスが許されるわけではないからね」

「はい。わかります。……すみませんでした」

そう言ったきり、深くお辞儀をして、顔をあげようともしない沙耶に、半ば呆れたように諒子も去っていった。

＊＊＊＊＊

その頃の沙耶は、ぶどうの苑を卒園したことで、世間の厳しさに押しつぶされそうになっていた。

高校を卒業して郷里を離れ、自活して働いている人や大学に進学している人は大勢いる。経済的に親の支援を受けられず、アルバイトをして生活費や学費を払って、自分と同じような生活をしている人もたくさんいるだろう。だが、帰るところがある人は幸せだと、沙耶は思ってしまう。

苑は家族のいる「家」のようなところではあったが、卒園すると、「家」ではなくなってしまった。本当の「家」なら、自分が出て行っても、帰る居場所があり、帰れるところなのだろう。が苑は、卒園すれば自分の居たところに新しい誰かが生活していて、自分が帰れる居場所はなくなってしまう。

苑を卒園してすぐは、希望に燃え、志に支えられていたから、帰りたいなどとは思いもよらなかった。

夏休みや冬休みの長期休暇になると、友だち同士でも帰省の話になる。アルバイト先では、シフトを組むために、帰省する日程を聞かれる。初めは、養護施設の出身であることを明かし、帰省する必要がないことを言っていた。そのために気まずい空気になったり、それを知ってあからさまに差別されることもあり、沙耶はしだいにそれを言わなくなった。すると今度は、事情を知らない人が「帰省しないなんて、親不孝じゃない」などと軽口を叩く。その時は笑って受け流したのに、後になり沙耶が養護施設の出身だと知れ、「恥をかかされた」と叱責された。理不尽だと思いながらも、怒りよりも悲しみの方が大きかった。

《私も家に帰りたい》

そう、強く思うのだ。

友梨香が、保育士の資格を取得し、働きだしたことも大きかった。会う機会が少なくなり、たまに会っても、修二との結婚の準備を始めた友梨香の話を聞くことが多く、将来を楽しく設計している友梨香に、自分の愚痴やネガティブな話は憚られた。嫉妬はなかったし、二人を祝福する気持ちは持っていたが、一人取り残されたという孤独感に苛まれた。

＊＊＊＊＊

一時的に容態を悪化させていた卓也が眠りから覚め、落ち着いた様子を取り戻した。そこへ急変の知らせを聞いた父親が慌てて飛び込んできた。速水先生から卓也が大暴れしたために重篤な症状に陥ったことを聞かされていたのだろう。病室に入るなり父親は、卓也を怒鳴りつけた。

「何をやっているんだ、お前は！　走り回り暴れたから発作が起きたと、先生から聞いたぞ。これ以上心配かけてどうするんだ」

父親の体格の良い身体から繰り出される野太い声は、病棟中に響き渡った。父親の後を追い病室の前まで来ていた沙耶は、その声に凍り付いた。そればかりか、うずいていた胸の痛みに電流が走り、突然気を失い、倒れこんだ。

『何をやっているんだ、お前は！』

卓也の父親とは違う男の声が、頭の中でリフレインする。その男に幼い少女は胸を強くどつかれて、身体が床に転がった。全身の痛さからうずくまっていても、男に頭を叩かれる。頭を抱えて小さくなれば、猫のように後ろから襟をつかまれる。

「ごめんなさい。ごめんなさい」

泣き叫びながら、声を限りに謝っても、怒号と平手打ちは止むことはない。

「あんた。いい加減にしなよ」

と、母親が止めに入れば、矛先は母親に移る。少女と同じように、胸倉を摑まれ、どつかれて、尻もちをつく。お酒の入った父親の暴力は、毎日のように続いていた。

＊＊＊＊＊

色のない真っ白な世界が続いている。

現実と夢の世界の区別がつかないまま、沙耶はうっすらと目を開けた。そこもまた、実体のない白い空間だった。

自分が、看護学校の実習中に小児科の病棟で倒れたのだと思い出す。意識を失ったため、今は病院のベッドで寝かされているのだろう。倒れてからどのくらいの時間がたったのだろうか。

まどろみの中で、少しずつ現実を取り戻していく。

「……さや、……沙耶」

呼ばれていることに気が付いて、沙耶は重い瞼を開き、声のする方に首を回す。

「沙耶、気が付いたかい」

そこには懐かしいパパさまが座っていた。沙耶は思わず起き上がろうとするが、パパさまに制止された。

「まだ寝てなさい」

気持ちはあっても、とても起き上がれそうになく、再び目を瞑り、身体を布団にうずめた。

「パパさま……。どうしてここに?」

思ったように声も出ず、かすれて、とぎれとぎれになりながら、沙耶は言葉を絞り出す。

「沙耶が倒れたと聞いてね。慌てて飛んできたよ。……意識が戻って良かった」

「ご心配かけて、すみません。……パパさま、お忙しいでしょうに」

「何を言ってるんだい。……沙耶の顔を見て、少し安心したよ」

パパさまの声は包み込むように身体中に響く。身体を横たえ、目を瞑ったまま、沙耶はパパさまの澄んだテノールに身をゆだねていた。

しばらくして、自分の瞳から涙がこぼれるのを感じた。

「……パパさま。……私、ぶどうの苑に来る前のことを、思い出してしまいました。……ずっと、十二年間、まったく思い出すことなど、なかったのに……」

呟く言葉は嗚咽になって掻き消え、後が続かなかった。涙がとめどもなく流れていく。額にパパさまの大きな手があてられ、ゆっくりと親指で涙がぬぐわれる。

「そうか。……わかったよ。でも、今は話さなくていい」

しっとりとした柔らかい声で慰められると、沙耶は少し落ち着きを取り戻した。

「起きて、歩けるようになったら、一度、ぶどうの苑に帰ってきなさい。その時に、話は聞こう」

「……でも」

沙耶の頭の中には、ぶどうの苑にはもう戻れないとの思いがある。

「いや、沙耶が帰るべきところは、苑だよ。帰ってきていいのだよ」

パパさまに強く諭されると、いつしか心はぶどうの苑へと飛んでいった。

＊＊＊＊＊

まだ春は浅く寒さを感じるというのに、パパさまは苑の花壇の手入れをしていた。

「おかえりなさい。よく戻ってきたね」

そう言って、泥だらけの手袋をした手を差し伸べようとするが、それで沙耶に触れても汚れるだけだと気が付いた。かといって、手袋を外すには作業が中途半端らしく、パパさまは肩をすくめ困った顔をした。

「パパさま。どうぞ作業を続けていて下さい。私、お手伝いしますから」

「そうかい。それは助かるね。……冬の間、植木鉢に植えておいた花を、花壇にまた、植え替えているんだ」

「はい」

沙耶は通る声で返事をして、バッグを置き、上着を脱ぐと、用意してあった軍手をはめ、植木鉢に手をかけた。

花壇の手入れをするのは、昔からパパさまの道楽だ。院長室にいるより、花壇や庭木をいじっていたり、苑の植木鉢を並べ替えている時間の方が多いかもしれない。パパさまが見つからなければ、中庭に行けばたいてい見つかる、というのが、苑の人ならだれでも知っている定説だった。

中庭は、様々な品種の植物が植えられている。りんご、えにしだ、ういきょう、オリーブ、月桂樹、いちじく。もちろん、薔薇やぶどう、ゆりや樅の木などもある。それらすべて聖書に出てくる植物で、パパさまが一株ずつ集めてきては植えて育てている。ざくろやくろがらしの木も増えた。それら植物にはネームプレートが立てられていて、裏には聖書の出典箇所も書かれている。

「『聖書植物ガーデン』と呼んでもいいかねぇ」と、パパさまは目を細めているが、レバノン杉や樫の木、夾竹桃やパピルスなど、まだまだ手に入れていない植物もあるようだ。焦らず、のんびりと、むしろ時間をかけて増やしていきたいと、パパさまは話す。

初めて教会やぶどうの苑を訪れる人が、庭木の剪定をしている人に建物の中の案内を頼む。その人は快く牧師室や院長室に案内してくれるが。ひとしきり待たされて、長として入ってくる人が、庭木の剪定をしていたパパさまだった。……そんないたずらめいたことをして、初めて来る人を和ませるのも、パパさまのもう一つの楽しみだった。

小学生の頃、パパさまにまとわりついていた沙耶たち三人は、よく花壇の手入れを手伝っていた。修二はそれを率先してやっていた。パパさまに植物の種類を聞いては、よく覚えていて、育て方や見立て方など興味を持ち、調べて学んでいた。

パパさまは花壇の手入れをしながら、苑の建物の入り口のプレートに目をやって、一緒にいる三人にこんなことを言う。

「石のプレートの『わたしはぶどうの木』の章の最初、ヨハネの福音書第十五章の五節に『わたしはまことのぶどうの木、わたしの父は農夫である』って書いてあるだろう。全能の父なる神は、畑も耕すし、種も蒔く。悪い枝も取り除くが、株分けもして、木や花や作物を増やすこともなさる、農夫なんだね」

そしてニンマリと笑い、

「だから、こうして土に触れていると、自分が、神様に遣わされているっていう気分に、ならないかい？」

それには三人とも首を傾げ、笑っていたが、大地に触れ、自然に親しむことが、とても心地良いものであることはわかっていた。

花壇の土を掘り起こして、花の種を蒔いている時にはこんな風だ。

「種を蒔く人のたとえ話を覚えているかな？　種を蒔く人が蒔いた種が、道端に落ちたり、石の上だったり、いばらの中、そして良い地に落ちた種は、三十倍、六十倍、百倍にもなるという、たとえ話。福音の種が蒔かれても、人々の心のありようで、実を結びにくかったり、すばらしい実りになったりを、話されたんだね」

　黒々とした土に種を蒔きながら、パパさまは言う。

「今の我々はこうして、土を耕してから種を蒔くから、いばらの中に落ちる、なんて、現実的に感じないかもしれないね。……でも、イエス様が生きていらした二千年前のイスラエルの地方では、種を蒔いてから土を耕していたらしい。つまり、農法がまるで違っていたんだ」

「へぇ〜」

　目を輝かせて反応したのは修二だった。

「そんなことを知ると、どうだい？　状況がまるで違って見えてこないかい？」

　パパさまは、手にしている種をしげしげと眺める。

「神様は、どこにでもかしこにでも、降るように福音の種を蒔いて下さっているんだよ。それは、ずっと昔から、今に至るまでも。そしてこれからも。どこでもかしこでも。道だろうが、石の上だろうが、いばらの中だろうが。良い畑にも、それなりの土地にも。それに、たった一回しか蒔かないなんてありえない。何度も何度も蒔いている。一年に一度じゃない。毎日、毎日。降り注ぐように蒔いて下さっているのだよ。お恵みとして。お導きとして」

　すーっと、天を仰ぐようにするパパさまに倣って、三人も空を見上げる。青い空は果てしなく広がり、太陽の光がまぶしい。それを、神様のお恵みと言わずして、なんだと言うのだろう。

「神様は農夫なんだから、石を取り除くこともあるだろう。いばらを刈り取ることもなさっているんだろうよ。良い地にするために、雑草を抜き、耕し、良い土を入れ、水をまく」触れている大地が静かに熱を発して、世話をしている自分たちの方がエネルギーを与えられていくように感じられる。

「それでいて、イエス様はこうもおっしゃる。

『空の鳥を見るがよい。まくことも、刈ることもせず、倉に取りいれることもしない。それだのに、あなたがたの天の父は彼らを養っていて下さる。……野の花がどうして育っているか、考えて見るがよい。働きもせず、紡ぎもしない。……あすのことを思いわずらうな』（マタイによる福音書第六章二十六〜三十四節、口語訳）、とね」

時に手を止め、パパさまの聖書のお話はさらに続いていく。

学校に行けば、養護施設から来ているということで、クラスの友だちと気まずくなったり、時にはいじめの対象となった。ぶどうの苑から来ている子どもは、どの学年も複数名いたから、お互いに助け合い、かばい合い、いじめといっても大した事件にはならなかったが、それでも友だち同士で言い争いやけんかになったりすれば、傷つき、家族に吐露することもできず、暗い気持ちを引きずることが多かった。

そんな時こそ三人は「パパさまのところに行こう」と言って、花壇の手入れの手伝いをする。

学校であったことを話すわけではない。友だちの告げ口をしたり、それに気が付かない先生を悪く言ったりもしない。ただただ、パパさまにくっついて、土をいじっている。パパさまの聖書の話を聞く。植物の名前を教えてもらう。育て方を知り、木々や草花が育っていく様子を、のんびりと眺めている。四季や、大地のぬくもり、空を見上げて風の動きを感じる。そうすると、学校であった出来事が些細なものに思え、どうでもよくなる。そんなことに傷つく必要などない、つらいと思うことはない、とわかってくる。

とても癒されるのだ。自然の恵みを感じることができる。明日の糧となる。

卒園して苑を離れたことで、たった一人で頑張っていかなければならないと、沙耶は思っていた。もう後戻りはできないと、勝手に思い込んでいた。

昔から今でも、花壇の手入れを同じようにしているパパさまの姿に、自分の浅はかさを思い知る。

《そうだ、私は一人ではない。神様が共に歩んで下さっている。降り注ぐように、福音の種を蒔いていて下さる。

たった一人なのだ、と思い込むことで、その蒔いて下さる種が育たない固い土になるところだった》

沙耶が苑に戻ってきて、パパさまと一緒に花壇をいじっていても、今は、小学生の頃聞かせてくれた聖書の話などなさらなかった。でもだからこそ、その頃に話して下さったことが鮮明に思い出されて、沙耶は心が震えるような思いにとらわれていた。

第五章　記　憶

人間の記憶というのは、自分の体験や経験したことを声に出して伝えて、それが理解され、共感してもらい、初めて蓄積されていくものだと言われる。つまり、幼い子どもの頃に目の前で起こったことが記憶されないのは、他の誰かと共有していないから。

生まれたばかりの赤ちゃんに表情を作り話しかけ、反応をすれば応えてあげる、それだけのことで愛情が育まれる。赤ちゃんは尊厳ある人として成長していく。

でも時として、そんな原初的な養育さえされていない子どもがいる。

谷平沙耶は、そんな子どもの一人だった。

父親にはもちろん、母親からも「沙耶」という名前で呼んでもらえることがなかった。それゆえ長い間、自分が何者であるか、意識できないでいた。「自己肯定感」ということを言われるが、それ以前の自己認識もなかったのだ。話しかけられることも少なく、教えられることはまったくなく、存在を認識してもらえていなかった。だから、沙耶には記憶が蓄積されなかった。

まるで犬か猫を飼うように育てられていた。食事は餌のように与えられ、手でつかんで食べていても注意されることがなかった。箸の持ち方を教えられることはなく、それを与えられもしなかった。

身なりはいつも汚かった。着たきりで、汚れていて、寒い時でも薄っぺらな服で過ごさなければならなかった。風呂に入るという習慣がなく、肌はいつもカサカサで、粉が吹いているような状態だった。そして臭かった。

そんな沙耶には、かすかに期待していたことがあった。小学校に行けるようになることだ。ほとんど外には出してもらえなかったから、どうしてそれを知ったのか自分でもわからないが、ベランダから見るランドセルを背負って出かけていく子どもたちが、小学校で勉強したり、遊んだりして、全く別な世界にいることを知っていた。そして、いつかは自分もそこに行けるものだと思っていた。それが、今の自分の世界を変えるものだとわかっていたのだ。

しかし、その小学校に行けるチャンスはなかなかやってこなかった。幼い沙耶自身は知る由もなかったが、沙耶が生まれた時に、出生届が出されていなかったのだ。両親の結婚もどういうものだったのか、今となってはわからない。六歳が過ぎ、たまたま近所の人が沙耶のことに気づいて、最寄りの小学校に通報し、役所に連絡が入り、存在が明るみに出た。それからしばらくして、役所の児童相談所の人が沙耶の家を訪れ、小学校に通わせるように親に言った。

それでもすぐに小学校に行けるようにはならない。むしろ父親は追い詰められたようになり、酒に逃げ、溺れ始めた。そもそも生活は破綻していたのだが、いよいよにっちもさっちもいかなくなり、その原因が沙耶のせいだと逆恨みをする。そして父親は、いつしか手をあげ沙耶に対する暴力を始めた。

父親のこぶしは、胸の中央、みぞおちのあたりを狙う。そこが人の急所であることを知ってのことだ。顔や腕を殴れば、あとが目立つ。背中や足でも人の目にさらされる心配があるが、おなかの胸のあたりなら、よほどのことがない限り見られない。武闘をやっていたわけではないから、急所を狙うといっても大した打撃にはならなかったが、息をつけなくなる苦しみは想像以上のものだった。

沙耶は、看護師の実習で小児科に配属になり、病に苦しむ子どもに自分の子どもの頃の姿を投影してしまったのだろう。映像として記憶というより、何度もどつかれていた胸の痛みを、身体の方が先に思い出してしまった。そして、それがきっかけで封印していた幼い頃の記憶がよみがえったのだ。

古くて汚いアパートに親子で住んでいた覚えはある。家財道具らしいものはほとんどなく、極貧の生活だった。食べるものもなく、いつもひもじい思いをしていた。父親は仕事もせず、朝からお酒を飲んでいた。母親がパートで生活費を稼いでいたのだろうか。母親は常に忙しなく働いていた。

父親の暴力が、嫌で嫌でたまらなかったのだが、その記憶がプッツリと切れて、色のない真っ白な世界になる。病院の一室に寝かされていたのだ。

それは、沙耶がぶどうの苑に入園する直前、病院に入院していた記憶だった。

現実と夢の世界の区別がつかない、実体のない白い空間。

ずいぶん長い間、そこにいたような気がする。が、どうして、そこに入院することになったのか、自分はどんな状況だったのか。父親や母親はどうしてしまったのか、沙耶にはわからなかった。

それを知るのが怖くて、考えることをやめてしまったのだと思う。そもそも、記憶そのものがないのかもしれない。時々、苑へ来る前のことを思い出そうとしたこともあるのに、けっして思い出すことはなかった。今となって断片が蘇ってきたが、依然大きなブラックホールにいるような感じを拭い去ることはできない。記憶の扉を今さらこじ開けたところで、何も出てくるはずがない。出てきたところで、どうしたらいいのだろう。いや、知ってしまうことで、取り返しのつかないことになったら、自分は耐えられるのだろうか。真っ黒な闇のようなガランとした気持ちを抱えて、沙耶はぶどうの苑を訪れていた。

＊＊＊＊

花壇の手入れをしていたパパさまと共に、沙耶もしばらく土をいじっていた。どこをどう手伝ったらいいかは、小学生の頃もやっていたから、阿吽の呼吸でできる。パパさまと二人、土のぬくもりを感じながら、黙々と作業を続けた。

パパさまは、沙耶の気持ちを和ませるように、看護学校や実習の話を聞く。それに応えながら、ずいぶん多くのことを学び、気づかされていたことを、改めて知る。

やがて手入れに区切りをつけると院長室に招かれて、パパさまは沙耶のために温かいハーブティーを入れてくれた。教会員の人が差し入れてくれたという、クッキーを添えて。沙耶にとってそれは、特別においしいものに感じる。カップを両手で包み豊かな気持ちになりながらそれを味わっていると、パパさまは書棚を探してファイルを出しそこから地方紙を切り抜いた記事を抜き取った。

「今、沙耶が知りたいことは、これじゃないかと思う。こんな記事を突きつけられるのは残酷な気もするけど。……だからと言って、僕には説明できそうにないのでね」

パパさまから手渡されたものは、手のひら大の小さな記事だった。十三年前の年月日が記されている。田舎町の古いアパートで男が暴れ、同居の八歳の女児が肋骨を折る重傷、その母親とみられる女性が、背中から刃物で刺され、病院に搬送されたが間もなく死亡。男は殺人、および殺人未遂の現行犯で逮捕された、とあった。

「暴力がエスカレートして、『このままだと殺されてしまう』と、逃げようとした矢先だったそうだよ。亡くなる直前、君のお母さんが言ったそうだ」

「もしや、母は私をかばって死んでしまったんでしょうか」

記事を見せられて、激痛でうずくまった幼い自分に覆いかぶさる母の重みが、かすかに蘇る。

「通報で警察が駆け付けた時は、そうだね。君は背中を刺されていたお母さんの下敷きになっていたそうだよ。もう少し遅れれば、君もまた、刺されていたかもしれない。とすると、お母さんは君をかばってくれたんだね」

「……むごい」

口に出して言ってみても、自分のこととしての実感はなかった。ただ、みぞおちのあたりが、うずくように痛くなり、身体中がしびれる。目に見えない縛りがやってきて苦しくなる。

「お母さんの重みと肋骨を折った衝撃で、君もまた仮死状態だったそうだ。君も病院に救急搬送されて、意識が戻るのに何日か要したようだよ」

沙耶の中で、ようやく実体のない白い空間に説明がつく。

「意識が戻って、君の記憶がなかったことに、病院の先生もみんな、むしろホッとしたと言っていたよ。事件はとてもむごたらしかったから、その場面が記憶にこびりついていたら、これからの人生がとてもつらいものになるからね」

「事件のショックで、記憶を喪失したというより、私の場合、幼児期の記憶そのものが積みあがっていなかったんだと思うんです。……その時、お医者様に色々聞かれたような気がするけど、そもそも言葉があまり理解できなかったし。……だから、聞かれても答えられなかったんです。自分では記憶の整理がつかないまま、時間が経っていって、……何もかもわからなくなってしまったんじゃないでしょうか」

「そうか」

パパさまは、自分の事のように苦り切った顔で、沙耶の思いを反芻する。

「それは、神様のお許らいかとも思うけど。……そういう記憶は、その後の人生を大きく左右するし、ともすれば生命にかかわるから、本能的に排除するようにできているのかもしれないね」

パパさまが神様のおかげだけにせず、科学的なことを話すのが、沙耶には事の重大さを示しているように思えた。

沙耶は深くため息をつき、ほとんどからになったティーカップを口にする。ゆっくりと思いを巡らせながら、独り言のようにつぶやいた。

「これから先も私は、この暗い過去に怯えて生きていかなければならないのでしょうか。頭では覚えていないけど、痛さとか辛さは、身体の方が反応してしまう。それに、恐れ、慄いて生きていくのでしょうか」

そして、うずいている胸のあたりに手をやり、沙耶は苦しそうな表情をした。

「時には、そうなのかもしれないね」

一緒に、辛そうな表情を浮かべ、パパさまは言う。

「そんな事件があったなら、私は殺人者の子どもとして、罪を背負わなければならないのでしょうか。被害者でもあるわけだけど、それも同時に……」

深く考えずに言葉を口にしていたが、話し始めて、事の重さがひしひしとのしかかってきて、耐えられなくなり沙耶は言葉を切った。

「そういうことを言う人もいるかもしれない。でも、沙耶自身が、それを意識して生きていかなければならない、なんてことはない。必要以上に下を向いて生きていっては、いけないからね」

「……はい」

パパさまの言葉に小さく頷いても、そうできる自信はまったくなかった。

春の弱々しい日差しが、院長室の窓辺から差し込んでいる。沙耶はそれには気づかず、押し黙ってソファーに深く座り込んでいたが、パパさまは日差しに惹かれ、窓辺に立って外を眺めていた。

「人の道を教える宗教はあまたあるけれども、ご復活があるのは、キリスト教だけだと言える」

長い沈黙の後、沙耶の方に向き直ることもなく、パパさまは外に向かって話し出した。

「イエス様は、十字架につけられ、黄泉に下り、そしてご復活なされたんだ。ご受難の時はどんなにか苦しかっただろう。

イエス様が復活なさっただけではなく、それを信じるなら、我々もまた、身体が蘇り、永遠の生命（いのち）を得ることができる」

ちらり見る沙耶の視線を感じても、パパさまはしばらく後ろで手を組んで外の方を見ていた。ようやく大きくため息をついてから振り返って、沙耶を優しい笑みで見つめ、ゆっくりと移動してその前に座った。

「僕はね。……人が亡くなってからの復活ばかりが復活ではない、と思っているんだ。むしろ、生きている間、何度でもやり直しが出来る。それが、イエス様が教える復活じゃないかと思う。

人はとかく、大きな悲しみや苦しみに囚われると、自分の力を信じられなくなる。失敗や過ちを犯してしまうと、自分はもうダメな人間じゃないかと、その先を諦めてしまいがちだ。でも、生きていくということは、そこでくじけないで、自分自身を変えていくことにあるんじゃないか」

力強いパパさまの言葉に、沙耶は顔をあげた。

「人は、とても弱い。……一人ではとても生きてはいけない。それでいて、自分とは違う生き方の人に出会うと、傷つけ合ったり、いがみ合ったり、時には憎み合う。そういうことが、深い痛手となって、その後の人生を変えることになる。

痛みを伴うことがあると、踏み出すことが出来なくなるのは、至極当たり前のことなんだけどね。でも、いつまでも後ろ向きでいてはいけない。勇気をふり絞って、前を向いて歩いていかなければいけないんだよ。

辛くて、死にたくなることもあるかもしれない。今までのことをキャンセルして、リセットしたいと思う人生かもしれない。でも、それを、後押ししてくれるのが、我々の罪を担って、ご受難に遭われ、ご復活なさったイエス様なんじゃないかな」

苑で過ごしていた時、幾度となく迎えるイースターを、あまり深く考えることがなかった。イースターエッグをもらう事だけで、はしゃいでいたような気がする。小学生や中学生、高校生になっても、ご復活の教義は難しく、きちんと受け止めていなかったかもしれない。

我々の罪を担って十字架につけられたイエス。イエスが亡くなったことで、初めて自分の未熟さを知り、罪に気づき、そして深い悲しみに襲われた弟子たちや信じていた者たち。でもそれを赦すため、癒すために、イエスは復活なさり、弟子たちの前に現れた。

教義として聞いてはいても、どこか他人事で、自分の事として理解できていなかった。

パパさまは、事件のことが書かれた新聞記事と共に、マリア様の御絵が描かれたカードを持っていた。それを沙耶に差し出して言う。

「この記事を見せることがあったら、このカードを沙耶にあげようと思って、常に一緒にしてしまってあったんだよ。裏を見てごらん」

カードの裏には、聖句が書かれていた。

『わたしは限りなき愛をもってあなたを愛している。

それゆえ、わたしは絶えずあなたに

真実をつくしてきた。

イスラエルのおとめよ、

再びわたしはあなたを建てる、あなたは建てられる。』

（エレミヤ書第三十一章三節～四節、口語訳）

「『イスラエルのおとめよ、再びわたしはあなたを建てる』それだけでも力強い、復活が誓われた言葉だと思うが、その前の節が『限りなき愛をもってあなたを愛している』って神様が言って下さっているんだよ。すごいことだと思わないかい」

聖句は、丸みを帯びた優しい筆文字で書かれていて、「愛」という文字が、他の文字より大きく描かれていた。「愛」は聖書でも見慣れているはずなのに、その文字の「愛」は、沙耶の目に焼き付いて離れなかった。じっと見つめていると、心に染みわたるような、身体を包み込むような、温かい力で沙耶を引き付ける。気持ちがいっぱいになり、思わず目を閉じると、溢れ出した思いが涙となってこぼれた。

悲しいのではない。嬉しいとも違う。感極まってというわけでもない。

幼い頃言葉にできなかった、記憶や想いや色々な感情が、ずっと身体の奥底に溜まっていた。その思いが今になって湧き上がってきたのだ。言葉にできなかったものが涙となって頬を伝って流れ出ている。自分がその涙で浄化されている。沙耶はしばらくの間、静かに涙を流し続けていた。

＊＊＊＊＊

院長室を後にした沙耶は、カードを手に苑の入り口の、ぶどうの木の聖句が書かれたプレートの前に立っていた。

親身になって話をしてくれたパパさまに対して、自分はまともに返事ができなかった。今まで知らずにいた自分の過去を知らされ、どう受け止めていいのか分からなかった。

これから色々な気持ちが襲うであろうことを察して、パパさまは言葉を用意していてくれたのだろうが、自分はそれをちゃんと聞いていたのだろうか。時間をかければ理解できるのだろうか。今になり、そんな自問ばかりが頭をよぎる。

反応したように涙は流れてきてしまったが、本当の心は、話にも現実にもちっともついてきていないように思える。

沙耶は自分自身がやるせなく、悲しく、みじめで、そのことに憤りを感じていた。

それでも、フッとため息をついてそろそろ帰ろうかと身体の向きを変え教会の方を見ると、ウェルカムボードにイースター礼拝の事が書かれているのが目に入った。

「そうか。今は四旬節、レントの季節だった」

沙耶は思わず声に出して呟いた。復活祭（イースター）の四十日前、その間の日曜日は数えないから、日数的には四十六日前の灰の水曜日から、四旬節、受難節、レントと呼ばれる期間になる。

苑を離れてから、勉強とアルバイトに忙しくて、教会暦の事などすっかり忘れていた。クリスマスは万国共通十二月二十五日だから覚えているが、イースターは「春分の日後の最初の満月の、次の日曜日」で、年によって日付が変わる。苑にいる頃は、クリスマスが終われば、翌年のイースターがいつになるか気にしていたが、この頃は曜日の感覚さえ麻痺していて、日曜日に主日礼拝があることも忘れていた。

沙耶はそんな自分に、もう一度大きくため息をつく。

初めてこのぶどうの苑に来た時、ぶどうの木の聖句のプレートに、救われた思いがしたのだ。ああ、自分もぶどうの木の枝と言われるなら、そうあり続けたいと思った。が、それも今はどこか遠い記憶だ。

そんな自分の不甲斐なさに、身体全身が凍てつく思いがする。

『そんな沙耶のために、私は十字架につけられたんだよ』

いきなり、背後からそんな言葉が聞こえてきて、沙耶は振り返った。パパさまが後ろにいるのかと思ったのだ。しかし、パパさまの姿をどこにも見つけることができず、沙耶は狼狽えた。

『私はいつもそばにいる。何があっても沙耶を守る。十字架と復活は、そのためのものなんだよ』

沙耶の耳元に、さらに大きな声が聞こえる。

沙耶はがむしゃらにまわりを見まわした。苑の方を見たり、プレートを見たり、教会の入り口を見たり、屋根を見上げたり。そして、塔の上の十字架に目をやる。

白い空にまっすぐと立つ十字架が、沙耶には迫ってくるように見えて、息を呑んだ。

「ああ、神様」

沙耶はそう呟いて、思わず祈っていた。

＊＊＊＊

ペンテコステ、聖霊降臨祭は、イースターから五十日目に当たる日曜日（主日）にお祝いする。

復活されたイエスも、やがて父である神のもとに昇天する。が、聖霊が降り、神様はそれを通して、今もなお私たちに働いて下さる、それを記念する祝日だ。

看護学校を卒業した沙耶は、市立病院に勤めていた。

一時期は、もうぶどうの苑には帰れないと、心が頑なになっていた沙耶だったが、日曜日の主日には礼拝に与ろうと考え直した。仕事が仕事だけに、日曜日にお休みを取りにくかったが、それでも、イースターやペンテコステの祝祭日の礼拝を守り、月に一度くらいは教会に通った。

それまでたまの休みは、溜まった疲れを取るだけで終わっていたから、時間をかけて教会に行き礼拝を守れば、さらに疲れてしまうのではないかと思っていた。が、神様の恵みに満ち溢れた会堂に入ると、とても落ち着き、心も身体も癒される。パパさまの説教を聞くと、パワーがもらえる。祝祷を受けると、「ああ、次の一週間、また頑張ろう」と、心からそう思える。

もっともっと教義を知らなければ、という思いはあった。イエス様やキリスト教のことを、まだわかっていないんじゃないか、という自分の未熟さを感じていた。が、それよりも、神様から愛されたかった。「再びあなたを建てる」と言われるなら、それに従いたかった。ぶどうの枝として、主イエス・キリストのぶどうの木と、繋がっていたかった。

その年のクリスマス、沙耶はパパさまから洗礼を授かった。

名実ともにイエス・キリストに繋がり、それを一生信じて、教義を守り続けようと思った。

第六章　結婚式

花も緑も香る初夏の華やいだ季節の中、ぶどうの苑に併設された教会の鐘が、珍しく高らかに鳴り響いた。

修二と友梨香の結婚式が始まるのだ。

現在在園中の苑の子どもたちはもちろん、修二と友梨香にかかわりがあった卒園生が多数招待され、先生方、スタッフ、教会員も詰めかけた。式の始まる前から、さながら同窓会のような状況になり盛り上がっている。修二が勤めているワイナリーの同僚や上司、友梨香が勤める保育園の先生方は、それぞれの親族席に座る。

招待客のドレスコードは平服で。そして会費制。苑の子どもたちはご招待だ。新婦の友梨香は、肩から背中が大きく空いた、裾が広がる真っ白いスタンダードなウェディングドレス。新郎修二も白いタキシードを着ている。ライスシャワーや花まき娘たちは、苑の小学生が担当してくれるが、Tシャツをお揃いにし、白い花をあしらったカチューシャを手作りした。小さなかごを手に花の冠をつけた少女たちが、花嫁の前後に控えていて、かごから花びらを蒔き、花嫁花婿が行く道に彩を添えていく。

仲人として、佐伯恂也と美登里夫婦が東京からやってきた。モーニングの恂也に留袖の美登里は、十年たって風格ある夫婦になっていた。男の子ばかりで、娘に恵まれなかった恂也は、バージンロードを友梨香と共に歩けることを楽しみにしている。

会堂の中は満席状態だ。初夏とは言え気温はさほど高くはないが、人いきれと高揚した雰囲気で、パタパタと扇子を仰ぐ人が多い。そんな騒めく空気を一掃するように、会堂の後ろの扉がパタリと閉められた。

会堂の入り口には、新郎新婦、仲人の恂也が並んでいる。そこへ友梨香を苑でずっと見守ってきた小野寺先生が近づいてきた。新婦の友梨香の前に来ると、友梨香に「おめでとう」と声をかけた。

「ありがとうございます」

友梨香は力強くそう答えると、頭を下げる代わりに、膝を折り中腰になった。小野寺先生は友梨香の頭の上に手を伸ばし、後ろにあったベールを前に垂らした。本来ならお母さんがするはずのベールダウンを、小野寺先生がしてくれた。

「友梨香。今日までしっかり育ちました。これからは修二と共に、明るく楽しい、あなたたちらしい家庭を作っていくのよ」

「はい！」

一連の所作を見届けて、修二は静かに扉を開けて会堂に入っていき、祭壇の前に進む。壇上のパパさまと会釈を交わすと、それを合図に水倉先生が弾くオルガン奏楽のウェディングマーチが、厳かに始まった。

恂也と腕を組んだ友梨香が、音楽に合わせて一歩、また一歩と、ゆっくりと祭壇の方へ進んで行く。パパさまはひときわ豪華な式服を着ていて、式に華を添えているようだ。壇上で満面の笑みをたたえ、友梨香と恂也を待ち構えていた。

式で読まれた聖書の朗読箇所は、コリント人への第一の手紙第十三章四節〜十三節（口語訳）。『愛は寛容であり、愛は情深い。また、ねたむことをしない。愛は高ぶらない、誇らない、不作法をしない、自分の利益を求めない、いらだたない、恨みをいだかない。不義を喜ばないで真理を喜ぶ。そして、すべてを忍び、すべてを信じ、すべてを望み、すべてを耐える。愛はいつまでも絶えることがない。……このように、いつまでも存続するものは、信仰と希望と愛と、この三つである。このうちで最も大いなるものは、愛である』

その御言葉を、パパさまが朗々と読み上げると、それだけで会場は静かになり、愛が満ち溢れていく。

式が終わり教会から出てくる新郎新婦は、ライスシャワーや花びらをぶつけるように浴びせられる。その後、なりやまぬ拍手の中ブーケトスが行われる。友梨香は沙耶に渡るよう投げたい、と言っていたが、保育園の同僚や保育士の学校時代の友だちなど、独身の女性たちが争う中、友梨香の放つブーケは空高く舞い上がる。沙耶は取ることができなかったけれど、いっそ清々しい気持ちになり、舞い上がったブーケの行方を追っていた。

華やかな式の後、苑の中庭で結婚披露パーティーが催される。ビュッフェスタイルでの立食ガーデンパーティーだ。ぶどうの苑の子どもたちもスタッフも、その卒業生も、みんな勝手を知っているから、テーブルを並べ、お皿や食器類を手早く配り、大勢のパーティーもつつがなく用意された。

そこで出されるご馳走の数々は、恂也がお店のスタッフと用意してくれたものだ。モーニングを脱ぎ捨て、シェフの姿になった恂也は、みんなが取りやすい位置に料理をセッティングしていく。

ようやくパーティーが始められそうになり、司会進行は？　というと、今日の主役、新郎の修二がマイクを握った。祭壇の前から退場の際に組んだ腕組みは離れることなく、今も修二と友梨香は一体となって動いている。ハウリングしてピーピーとした音が落ち着くと、修二はゆっくりと話し出した。

「今日は、西嶋修二、紀藤友梨香の結婚式のため、こんなにも大勢の方にご参列を賜ることが出来、本当にありがとうございました。おかげで、先ほど猪本啓朗牧師の司式により、無事結婚式が挙行されました。

ささやかではありますが、ぶどうの苑の先生、スタッフの協力のもと、お仲人も担って下さった佐伯恂也、美登里ご夫妻とお店の方々で、本格イタリアンを中心としたビュッフェスタイルでの料理をご提供頂き、結婚披露の宴席を用意できました。

本来ならここで、ご来賓の方々のお祝辞を賜りたいところなのですが、未熟なボクたちのこと、お話を伺い出したら、キリがなく、終わりそうもないので、パパさまの短いお祈りの後は、一切合切そういうことは賜らないことにしました。どうぞ、ご無礼をお赦し下さい」

そこで一端、修二と友梨香は頭を下げる。

「集まって下さった皆さまにおかれましても、これからは、ボクたちのお祝いということを忘れて、楽しいお話、思い出話で歓談して頂き、大いに盛り上がって下さい。

本日は、本当にどうもありがとうございました」

そう言ってもう一度、二人は深々と頭を下げた。すると、拍手が沸き起こり、修二の友だちが太い声で、おめでとう、と、投げかける。指笛やブラボーといった声も上がる。

「では、パパさまに、お祈りをしてもらって、その後、小野寺先生に乾杯のご発声を頂き、会を始めたいと思います」

修二の言葉のとおり、パパさまは結婚式と披露宴の感謝と、日ごろの食前の祈りを短く捧げた。小野寺先生は、修二と友梨香と深く関わった先生として、結婚を心から祝福してくれて、乾杯の発声をした。

恂也は、多くの招待客に熱々の食材を切り分け盛り付けていた。美登里は苑の子どもたちのために用意された席のそばにいて、子どもの口に合いそうなお料理が乗せられたプレートを配っている。

修二と友梨香は、お祝いの声をかけてくれる人たちに挨拶し、歓談を続けている。

結婚式にかこつけて、久しぶりに苑を訪れた卒業生は、パパさまや小野寺先生をはじめとする先生方を囲んで話し込んでいる。

子どもたちもいるし昼間のパーティーだから、お酒はどうしたものかと、先生方と協議になった。教会では大っぴらにお酒を飲んだりしないものだ。が、修二の勤めているのはワイナリーで、今日はそこの同僚や上司も来ている。お祝いとしてワインが持ち込まれていたし、何より引き出物にはワインを用意している。宴席にお酒がないのもさみしい。だから、料理が並んでいる反対側に、ドリンクコーナーを設けて、目立たないようにお酒を飲めるようにした。洋酒とワインが中心で、近くにたむろしている修二の会社の人たちが仕切っている。

男性の多いそのグループに、友梨香の保育園の同僚たちが、飲み物を求めてやってきて、合流する。さながら合コンのような状態になり、盛り上がっている。

「ねぇ。お仲人さんに、あんなことをさせていいの？　恂也さんも恂也さんで、喜々としてなさっているけど」

一通りの挨拶を終えた二人を捕まえて、沙耶は言った。

「恐れ多い、って、途中でお断りしようか、て、言ってたんだよ。でも、むしろ、恂也さんも美登里さんも、やる気満々で、こちらから断れなくなっちゃったのよ」

友梨香が言うと、修二も口をはさんだ。

「おれたち、クリスマスに婚約して、その報告と挨拶と、二人だけのパーティーのつもりで、恂也さんの店に行ったんだ。そしたら、おれたちが思っていた以上に、恂也さんたち喜んでくれて『何かしたい』って言ってくれるから、お仲人か、パーティーの企画か、どちらかを手伝ってほしい、なんて口を滑らせたら、『両方やる』って言ってくれて。……つい、お願いしてしまったんだよ」

「その時ね、修二のワイナリーの、一番上等のワインをお土産に持って行ったの。そしたら、その場で開けて飲んでくれて。それで、ホントにおいしいって言ってくれて。で、お店の看板のワインにするって、注文までしてくれたんだよ」

「へぇー。恂也さんって、何だか太っ腹だね。すごいね」

「あ、もちろん、結婚式のことは、お仲人としてのお礼も充分してるし、パーティーの料金も、お店の料金から換算して、ケータリング費用として払ってんのよ。……お祝いは、沢山貰っちゃったけどさ」

友梨香は最後の部分だけ、小さな声で沙耶の耳元で言う。

「それにしても、二人とも、ちゃっかりしてるんだから」

呆れたように言っても、沙耶にはそれが二人の恵みの賜物なのだとぼんやり考えていた。

「パパさまや、先生方にも相談したんだよ。でも、『恂也さんはそこはプロだから、甘えていいんじゃない』って言われたからさ」

そう言う修二にとっては、自分のワイナリーのワインをお店で使ってもらえるようになったことが一番嬉しかった。

「ほら、会社にとって新入社員を雇うメリットって、自分のところの商品が新しい販路に売れる、ってことじゃないか。皆それを知っているから、親戚とか知り合いにワイン買って行ったり、注文をもらってきたりするんだよ。でもおれ、親戚どころか親もいないだろ。だから、結構肩身の狭い思いをしていたんだよ。それが、そんなつもりもなく、恂也さんのところに持って行ったら、定期的に、かなりの数の注文をしてくれるようになったんだよ。それはそれは嬉しかったし、誇らしかったし。何よりも会社の人にも喜ばれたんだよ」

「へぇー。そうなんだ」

苑を離れて、修二と面と向かって話すのは久しぶりだった。口が重く、愛想のない修二という印象だったが、会社に入ればそれでは通用しないのだろう。快活に話し、友梨香と共にニコニコと愛嬌を振りまいている。今日が自分たちの結婚式だからというだけではなさそうだ。幸せそうな二人を見ていると、沙耶も幸せな気持ちに包まれる。

「そうだ。恂也さん、沙耶のこと気にしてたよ。私たちは、打ち合わせとかなんやかんやで、行き来して色々話しているけど、三人で一緒にいたもう一人の子は、どうしているの？　って。……沙耶、話に行ったら、きっと喜ぶわよ」

「そうね。恂也さんが一段落したら、話に行ってくるね。……二人に代わって、充分にお礼も言わなきゃならないしね」

「沙耶ったら、そんな風に気をまわしてくれて……。いつもありがとう！」

太陽のようだ、と、友梨香のことを思った。キラキラといつも輝いている。熱を発して、誰をも温かくしてくれる。修二と共に、きっと素敵な家庭を作っていくのだろう。そう思うと、沙耶の気持ちまで温かくなった。


恂也はパパさまと話していた。沙耶が近づくと、どちらともなく気が付いて、呼び寄せてくれる。

「沙耶ちゃんだね！　友梨香ちゃんも可愛くなったと思ったけど、沙耶ちゃんもすごく素敵なレディーになったねぇ。修二君はともかく、女の子の変わりようはすごいね」

沙耶が挨拶をする間もなく、恂也は話しかけてきた。

「看護師さんなんだって？　パパさまから聞いたよ。市立病院に勤めているだなんて、忙しいだろう？」

「まだまだ新米で、目の前のことに追われているんですけど」

「勉強も大変だっただろう？　頑張ったんだね」

「ええ、そうなんです。すごく頑張ってやってます。……それよりも恂也さん、友梨香や修二のために、こんなに素敵なパーティーにして下さって。本当にありがとうございます」

そう言って沙耶は頭を下げた。恂也が言葉を返す前に、パパさまも言う。

「教会にこんなに大勢の人たちが会したのって、久しぶりだよ。いやぁ、華やかな素敵なパーティーになって、本当に良かった。何より、お料理がおいしい！　東京のおしゃれな味がするよ。本当にありがとう」

「いやぁ……、パパさままで、頭を下げたりしないで下さい。出来ることをしたまでですから」

恂也は頭を掻き、照れる。

「パパさまやぶどうの苑に恩返しがしたいとすごく思っていたんです。でも、なかなかそんなチャンスがなくて。ともすると、日々の仕事のことで忙殺されていて。

そこに、修二君と友梨香ちゃんが来て、思わぬ恩返しのチャンスをくれたんです。役に立てて、パパさまや苑の人たちが楽しんでくれたら、それだけで本当に嬉しいんですよ」

「そうか、そうか。神様は本当に、チャーミングなことをして下さる」

パパさまのいつものオハコの言葉が出て、恂也も沙耶も大きく笑った。パパさまも満面の笑みをたたえている。

「最近は、お店を貸し切りにして、お料理はビュッフェスタイルにして、というパーティーが増えているから、こういう形式のお料理も慣れていたんです。ケータリングは、まだ事業として、しているわけではないんですけど。でも、今回のことで自信がつきました。今後の展開の、視野に入れていこうかと思っています」

「ほぉ～。それは頼もしい。ますます嬉しい言葉だね」

恂也のケータリング事業の構想は、まんざら口先だけのものではなく、お店拡大のチャンスに考えていたことだった。

十年前、オーナーからの紹介があったとはいえ、右も左もわからない東京の店で働き出し、苦労もしたし、努力もした。そして先代の信頼を得て、お店を引き継いだ。その後も、看板に泥を塗るようなことはできないと、今まで以上に精進して店を切り盛りしてきた。お店を改築して大きくし、そのために人を雇い、育ててきた。

美登里との結婚も二人の男の子に恵まれ、美登里の父とも和解ができた。今では子どもたちと共に、美登里はたびたび帰省する。

「そうだ。沙耶ちゃんは、結婚はまだなの？　彼氏とか、いないの？」

「生憎、私って、縁遠いみたいです。ちっともそんな話にはならなくて。……もっとも、お仕事に手いっぱいで、恋愛とか結婚とか、考えている暇さえないんですけど」

「そうか～。でももし、結婚式の御用命があったら、おれの事思い出してね。一番に駆けつけるよ」

「あら、恂也さんたら、友梨香ちゃんみたいに、沙耶ちゃんともバージンロード歩きたいだけでしょ？」

いつの間にか美登里も合流して、話に入ってくる。

「はは。奥さまは、なんでもお見通しなんだな。……そうだよ、沙耶ちゃんとも、腕を組んで歩きたいよ」

「恂也さん？　今の時代、結婚するだけが女性の幸せじゃないのよ。むしろ、男性と互角に張り合って働きたいと思っている女性はたくさんいるし。そういう人たちにとっては、結婚しない自由を認めて欲しいはずなの。

だから、結婚を強要するような言い方は問題発言よ。するもしないも、その人の『選択の自由』なんだから」

「あ、はい。……奥さまの言う通りです」

先ほどまでの勢いはどこへやら、恂也は美登里にやり込められて、苦笑いをする。

「……そうは言うけど、沙耶ちゃん。結婚はいいものよ。した方がいいわ」

それを聞いていたパパさまは、ほ、ほっ、と快活に笑った。

「おお。ますます頼もしいね。今日は、本当に良き日だな」

そして、恂也と美登里の肩に手をやった。

「じゃあ、ちょっと失礼するよ。まだ、今日の主役たちとじっくり話していないんだ。お開きになる前に、ちゃんとお祝いを言っておかないとね。……片付けまで、ご苦労様だけど、よろしく頼むよ」

「はい」

恂也も美登里も、そう言って離れていくパパさまに目礼をする。

「パパさまも、とってもお元気そうで何よりだわ」

「なるべく教会には来ようと思っているんですけど、仕事でどうしても来られないことが多くて。……でも、いつ来ても、パパさまは、変わらなく大きくって、温かくって。たまにお話をすると、本当に力を与えてもらえる気がするんです」

沙耶は、遠ざかっていくパパさまの後ろ姿を目で追いながら、美登里たちに呟くように話す。

「そこへ行くと癒される、その人に会うとパワーをもらえるって、ほんとうに素敵なことだと思うわ。……私たちも、お店をそういう所にしたいって、いっつもそう思っているんだけどね」

「ともすると、売り上げの事で頭がいっぱいで、そういう大切なことを忘れちゃうんだよな」

恂也と美登里には思い当たることがあるらしく、お互い顔を見合わせて苦笑いをする。沙耶はそんな二人を見て羨ましく思う。

「ねぇ、……沙耶ちゃんも、お店に食べに来てよ。もちろん、自宅に泊まってくれてかまわないのよ。修二君たちもそうしたんだから」

「えっ？」

沙耶は、思わぬ誘いにびっくりした。

「まぁ、色々忙しくて、なかなか時間が取れなくて、東京まで来るの大変かもしれないけど」

「せっかくの休み、もっとしたいこともあるんじゃないか？　デートとか、本当は予定がいっぱい詰まっているかもしれないしな」

「そんなのは、ないですけど。……それに、たまのお休みは、掃除とか洗濯とかに追われたり、家でぐったりしていて、遊びに行く余裕がないんです」

美登里や恂也の気持ちにありがたく思いながら同時に、お邪魔する理由がないと、断る言葉を探していた。

「ダメよ、ダメ。……気分転換は必要よ。ちょっと遊びに行く、って距離じゃないけど。一度はウチにいらっしゃい」

実際、仕事に追われていて、どこかに遊びに行くなど考えていなかった。仕事の同僚は自分とは違うシフトで仕事をしているので、お休みが合わない。だから旅行やちょっとした遊びやショッピングも、一緒に出掛けられない。友梨香も修二もこの結婚式の準備で、話もろくにできなかったし、これからも新婚生活を整えていくのに、割り込める隙はないだろう。

それに、沙耶はどこかに遊びに行きたい、という欲求があまり強くない。それが、ストレスをため込みやすくしていると、どこかでわかっているのだが。

「そうですね。……恂也さんのお料理、ちゃんとコースで食べてみたいかも……」

どうするとも決めていなかったのに、沙耶は口をついて出てくる自分の言葉に驚いた。どこかに行きたいとは思っていないのだが、心の奥底では、東京に憧れ、恂也や美登里とゆっくりと話して、癒されたいと思っていたのかもしれない。

「そうよ。食べにいらっしゃい。絶対よ。今度のお休みにはちゃんと予定を入れてね」

美登里の言葉に押し切られるようなかたちだったが、沙耶は恂也のお店に行こうと思い始めていた。

修二や友梨香が結婚して、新しいスタートを切ったのと同じように、自分もまた、一歩前に進んで行こう、違う何かをしなくてはいけない、と思った。

第七章　皮　袋

沙耶が東京の恂也のお店に行ったのは、遅い夏休みを取った時だ。

東京の郊外にある恂也の店は、商店街通りを抜けて、住宅街に入ったところにあった。沙耶が想像していたのよりとても大きく、きれいな店だった。

夕方遅く店に着くと、奥まったところに沙耶のために席が用意してあった。向かいには、私服に着替えた美登里が座った。

「一グループだけ予約のお客さんが入ってしまったの。それ以外は、沙耶ちゃんの貸し切りで、今日はお店からご招待」

「えっ？」

想像を超えた歓迎ぶりに、沙耶は言葉を失った。

「そんなに驚かないで。取って食べたりしないから。いつもね、不定期に、週に一度くらいお休みにしているのよ。今日は半休ってとこかしら」

「はい……」

「後で、恂也さんもここに来るわよ。それまで、いっぱいおしゃべりして、ゆっくり食べましょう」

美登里は沙耶以上に嬉しそうだ。

沙耶は、人に甘えることが苦手だった。

家族の中で暮らしていれば、親は子どもに対して、見返りを期待しない。無償の愛情を注ぐ。食べさせ、着させ、教え、手をかけて育ててくれる。が、沙耶はそれを知らなかった。

ぶどうの苑に来て初めてそれを知ることになるが、そもそも愛情を注がれたことがないから、その受け取り方がわからない。

苑を離れ社会に出て、労働と献身の対価として賃金をもらう生活をすると、無償で働くことはいけない事のような気がする。

自分が無償で何かをすることは厭わなかった。病院での看護の仕事も、沙耶は必要以上にやろうとしてしまう。例えば、仕事の時間が終わっても、気になる患者を見に行ってしまったりが、それは他の看護師たちに疎まれた。決まった労働以上のことをしてはならないと言われる。自分はそれでよくても、いずれは他の看護師にもそれが要求され、仕事が増えてしまうことになるからだと。

そんなことが、誰かに何かをしてもらうことは犠牲が伴うことで、それに対して何か対価を返さなければならないと、脅迫的な気持ちを強くしていった。

友梨香たちの結婚式では、恂也や美登里が率先して式や披露宴を盛り上げ、切り盛りしていた。ぶどうの苑の先生方や教会の関係者たちも、こぞって手伝っていた。それがとても楽しく、嬉しくて仕方がないような感じで。恩着せがましくなく、元より対価など考えず。

礼拝の時の説教では「無償の愛」を説く。きっとそれを実践しているだけなのだろうし、自分も一緒になり働くことは厭わないが、でも、それを受け取る側になった時に、申し訳ないとか、返さなければならないとか、そもそも求めてはいけないとか、そんな気持ちになってしまう。決して、甘えられない。

自分の幼少の頃や社会に出てからの経験が、そうした気持ちにさせることを知って、この頃では直していこうと思えるようになった。誰かに何かをしてもらった時は、心からの感謝を表せば、それが何よりもの対価となることがわかった。

そして、その時間を大切にする。共に分かち合い、話をしたり、聞いたり、学び合うことが、心豊かな時となり、癒され、パワーとなる。

恂也のお店に行き、二人に会って食事をして話すことは、沙耶にとって初めて経験する人に甘えるような行為だが、かけがえのない時間になることが約束されているようで、そのひとときを委ね、楽しもうと思った。

テーブルの上には、旬の素材を使ったお料理が運ばれてくる。

美登里は料理の紹介をしてくれたが、一人暮らしで自炊の沙耶を気遣って、安くて簡単で、栄養にも偏りのない調理の仕方なども話してくれ、沙耶は熱心に聞き入った。

「恂也さんのプライドを傷つけることになるから、絶対に口外しないで欲しいんだけど。……実はね、昨年の秋ごろかしら、恂也さんったら、投資の詐欺に合いそうになったのよ」

メインディッシュを食べ終わった時、美登里は沙耶に顔を近づけて、小さな声で話し始めた。

「お店の売り上げが伸び悩んでいて、何か打開策を考えていたらしいのね。そしたら、お客さんで来ていた人に投資話を持ち掛けられたらしいの。……それがおかしいの。『奥さんには絶対に内緒ですよ。大きく儲けて、びっくりさせてあげましょう』とか言うんですって」

秘密の話と言いながら、美登里は楽しそうに話す。

「あの人、真面目で、嘘をつけない人でしょ？　それをもっともだと思って、私に内緒にしていたらしいんだけど、私にしてみたら、すごく怪しいのよ。これは何かあるなって思って、ちょっと通帳とか調べたり、話を向けたりしたら、渋々投資話を白状したの」

「それが、詐欺だったんですか？」

「そうなのよ！　ちゃんと調べれば、怪しさ満天の、ペテン師の仕業だってわかるのに、儲けなきゃ、自分一人で何とかしなきゃ、なんて思い詰めるから、危うく何百万も取られちゃうところだったわ」

「未然に防げたんですね？」

「……巧みよね。最初は、十万くらいで、その時は倍くらいになったんですって。それを投資して。そしたら、それは半分くらいになって。だから、それを取り戻すためには、大きく賭けましょう、今度は百万単位で、って言われていた時に、……気付けたのよ」

「じゃあ、最初の十万は？」

「それは、戻ってこないわ。……今は、勉強料って、ようやく思えるようになったけど」

修二たちの結婚式の時、心なしか恂也は美登里に頭が上がらないような感じだった。もしかしたら、このことが原因だったのだろうか。

「今だから笑って話せるけど、その時は修羅場だったわよ。そりゃ、未然に防げて良かったんだけど。やっぱり、『そもそも、どうして騙されそうになるのよ』って思うじゃない。『恂也さん、人が好いから、バカな目に合うんじゃない？』って。チープな詐欺だったから、余計腹が立つし、最初の十万も悔しいし。……だから、私もずいぶん恂也さんを責めちゃったのね。あの人も落ち込んで、人間不信みたいになるし。……そういうのって、お料理の味にすぐに出るのよ。だんだん客足が悪くなったようで、余計焦るし。どんどん悪いスパイラルにはまっていく感じだったわ」

「そんな……」

「クリスマスだというのに、お店の中がどんよりとしていてね。私もあの人もため息ばかりついて。そこまで切迫してたわけじゃないのに、『年が越せるのかしら？』なんて、深刻に考えるくらい。……でも、ちょうどその時に、修二君と友梨香ちゃんが来てくれたの。あの二人が来てくれて、空気が一変したわ。なんだかウチのお店が輝き始めたの」

「へぇ〜」

「もちろん二人には、今の話は言わないのよ。むしろ二人の方から『結婚するんです』って、キラキラする話をいっぱいしてくれたのね。それだけなのに、私たちもすごく幸せな気持ちになって、心から祝福したいって思ったの」

その先にあの結婚式があったのか、と、沙耶は初夏の結婚式を思い出す。

「不思議よね。それまで、いがみ合っていたっていうか、すごく険悪な雰囲気だったのよ、私たち。でも、二人が来てくれて、取り繕っていたのだけど。……話を聞いているうちに、こっちまで、新婚の時の気持ちを思い出して、ぶどうの苑ではお祝いしてもらったのに、何もお返しが出来てないって思い出して。気が付いたら、恂也さんと私、二人で争うように『あなたたちの結婚式、盛り上げるわよ』って言っていたわ」

「私が思い出しても、本当に素敵な結婚式でした。華やかで、温かくって。なんだか、心湧き立つような」

「そうね。……それは、友梨香ちゃんたちの賜物だと思う。だって、来てくれたことで、ウチのお店が変わっていったのよ。というより、私たちが、変えられたんだけどね」

「そっか……」

「そこへ行くと癒されるお店にしたい、って、恂也も私も、ちゃんと思っていたはずなんだけどね。日々の生活に追われると、忘れがちになってしまう。……友梨香ちゃんたちが思い出させてくれたわ」

美登里は少し頬を赤らめて、遠くを見つめて話している。

そこへ、恂也がデザート皿を持ってやってきた。

「お客さんがお帰りになったから、混ぜてもらってもいいかな」

そう言いながら横の席に座り、コックの帽子を取った。

「で、何の話をしていたの？」

そういう恂也に、沙耶は答える。

「いつ思い出しても、友梨香と修二の結婚式は素晴らしかった。恂也さんたちのおかげですって、お話ししてました」

「ほんとだね。良い結婚式だったよね」

入れ替わるように美登里が立ち上がって言う。

「じゃあ、私、コーヒーを入れてくるけど。沙耶ちゃんもコーヒーでいい？」

「はい」

キッチンに去っていく美登里を目で追っていると、恂也は言う。

「コーヒーは奥さまの担当なんだ。美登里が入れるのが、一番おいしいんだって」

「仲睦まじくお店を切り盛りしてらっしゃるんですね。羨ましいというか、微笑ましいというか」

「……ここまでになるの、苦労したよ」

恂也は伏目がちに話し始める。

「君たちが証人となってくれたおれたちの結婚式の、その足で東京に出てきてさ。がむしゃらだったよ。とにかく、頑張らなきゃ、頑張らなきゃでさ。おかげで、先代からお店を譲られ、順調にやってこられたんだけどね。

小さな店だから、不況の煽りなんかモロ受けちゃうし、気が気じゃないわけよ。むしろ、十年くらいたって、頑張りようがなくなってきた頃が、一番苦しいっていうか」

沙耶は、先ほどの美登里の話とだぶらせながら、黙って聞いていた。

「『子育ても一段落したから、私、外で働こうかしら?』なんて、美登里が言い出した時は、本当に驚いたし、脅しのように思えたんだよ」

「えっ？　どうしてですか？」

「こうして、二人でお店をやっているのが、イヤになったんだって思ったんだよ。厨房にもフロアにも人がいるし、売り上げとか会計だって任せているんだよ？　それなのに、外で働きたいだなんて……」

「……ショック、だったんですか？」

「そうだよ。ショックだよ」

恂也は、コック帽をぎゅっと握りしめる。

「『どういう了見だ？』って、問い詰めたら、『客足が伸び悩んでいるから、人件費を削らないとダメでしょ？　会計はそのままやるから』とか、しらっと言って。……そんなことを聞いて、おれは、おれ自身が本当に情けなくって、不甲斐なかったよ」

だから恂也は、手っ取り早く儲けたくて変な投資話に手を出したんだな、と、沙耶は思っていた。もちろん、けっして顔には出さず、恂也に悟られないようにして。

「最初は、とにかく上を見上げて、ひたすら頑張ればよかったんだけど、少し安定してきたら、頑張るにも、どんな方向？　とか、どんな風に？　とか、考えなきゃならないし。攻めてばかりでなく、守りに入らなきゃいけないのかな、とか、安定とか安泰とか意識しちゃうし、……もうね。何だか、自分自身を見失っちゃってさ」

「大変だったんですね」

恂也は一つ息をついてから、乾いた笑いをした。

「さっき美登里からも散々聞いたんでしょ？　伸び悩んでた話」

「ええ、まぁ」

「でも、修二君たちが来て、すごくパワーをもらったって話も」

「そうです」

「結婚式ね。……おれたちが盛り立ててあげたみたいな感じになっちゃったけど、逆なんだよ。あいつらが来てくれたおかげで、ホントに、こっちが助かった、っていうか、スランプを脱することが出来た、というか。もうねぇ……」

「福の神、って感じでしょうかね」

「そうそう、それ。福を持ってきてくれたんだよ」

「そんな話を聞くと、友だちとして、私まで嬉しくなっちゃうな」

「うん……」

二人とも感慨深い気持ちでいると、美登里が三人分のコーヒーを入れたカップを持ってきた。

「お待たせしました」

それぞれにカップを置いてから、元の自分の席に座る。

美登里は、恂也の話していたことが分かっているのだろう。ゆっくりとコーヒーを飲みながら、思いに浸っている。

しばらくして恂也は、おもむろに話題を変えるように口を開いた。

「……ねぇ、沙耶ちゃんは、聖書に『新しいぶどう酒は新しい皮袋に入れるべきである』（マタイによる福音書第九章十七節、口語訳）っていう御言葉があるの、知ってるよね」

「ええ」

「おれがまだ、ぶどうの苑にいる頃、いつだったたか、自分の好きな聖句を選びなさい、って言われて、おれ、それ選んだんだよ。……この間、修二君もその聖句を選んでたって知って、盛り上がったなぁ」

「修二は、確かにそれ、選びそうですね」

「おれ、深い考えがあって選んだわけじゃなかったんだけどね。なんだか、今でもその聖句は支えになっているんだ」

沙耶も美登里も、無言で頷いた。

「新しいぶどう酒は、新しい皮袋に入れるべきって、新しいぶどう酒を古い皮袋に入れたら、発酵が進んで、古い皮袋は裂けてしまう、至極もっともなことなんだけど。……今は皮袋なんか使わない時代だけど、でも、理屈は通っている話だよね。

けれど、古い皮袋が、ボロボロのものでなくて、使えそうなものなら、使っちゃおう、と思っても、不思議じゃない」

「……？」

恂也は何を言いたいのだろうか、と、沙耶は思う。

「こうして、人様に料理を作ってて心掛けることは、新しい食材を新鮮なうちに作るってことだ。目新しいレシピで、食器や盛り付けも気を遣って。……まぁ、それが、当たり前、基本中の基本、なんだけどね。それこそ、『新しいぶどう酒は、新しい皮袋に入れるもの』だね。

でも、いつもいつも手元に新しいものがあるわけじゃない。食材だって、余ったり、古くなったりするんだよ。それをまかないや自分たちが食べる分に使えばいいが、もったいないからって、余った食材で人様の料理を作り、それでお金をもらったりは……。程度の問題はあるけど、良くないよね。

レシピも、いくら成功した味だって、いつまでも変えずにいるのも、どうなんだろう。食材はどんどん変わるし、人の嗜好も変わっていくものなのに。

そんな時、おれはその『新しいぶどう酒は、新しい革袋に入れるもの』を思い出すようにしているんだ。この料理、新しいぶどう酒か？　新しい革袋を使っているか？　ってね」

「そっか……」

沙耶は感心したような声をあげるが、美登里はクスリと笑って言う。

「でも、たまにね」

「そう。たまに、忘れちゃうんだよ」

「……でも、友梨香たちが、思い出させてくれたんですね」

沙耶が言うと、三人とも顔を崩して、小さく笑い合う。

「そうだ。……今は初心を思い出して、それを忘れないようにしてるよ。

例えば、店では当たり前だけど、家でも、汲み置きしてあった水など使わないで、朝になったら、しばらく水道の水を流してから、新鮮な水を使うようにする。それだけでも、新しい一日を、新鮮な気持ちで、新しく始める気分になるじゃないか」

「あっ、そういうこと？　だからこのところ水道料金が高いのかしら？」

「えっ？」

恂也が美登里の言葉に色を失うと、美登里はつかさず言った。

「嘘よ。高くなっているかもしれないけど、それほどじゃないし。もったいないってケチるより、もっとも大切なことへの費用だわ」

「なんだよ……、それ……」

ガックリとテーブルにあるコック帽に顔をうずめ、恂也は何やらぶつぶつと言っていたが、その頭を撫でながら美登里は謝った。

「ごめん、ごめん。恂也さんがあまりにも真剣だから、ちょっと茶々を入れたくなっちゃったのよ。新しいぶどう酒の事は、私も充分心得てます。これからも、精進しますから」

恂也は、あーあーと声をあげて泣いている風を装う。

「恂也さん、お店頑張りましょ。私も協力するから。毎日新しい気持ちで頑張るから」

ようやく顔をあげた恂也の目には、ほんのりと涙が溜まっていた。

それを見て、両手を口に当てて驚いた沙耶だったが、恂也と美登里のやりとりは、剣のあるものではなく、むしろ信頼しているから話すそれだとわかり、いつしか二人につられて笑っていた。

＊＊＊＊＊

修二と友梨香が結婚してから五年ほど過ぎ、市立病院に勤めていた沙耶は、楢崎紘一という、同じ病院の医師に見初められた。

紘一は沙耶より十歳ほど年上で、背も低く太っていて、看護師の間で噂になるような医師ではなかった。イケメンではなかったし、言葉数も少なく、地味で目立たない男性だったからだ。

看護師の仕事にも慣れ、つつがなく仕事をこなす沙耶だが、すぐに謝る癖は直らなかった。

ある時、沙耶と同じ担当の中尾という主任看護師にそれで注意を受けた。「すみません」を口癖にするのは良くないと言われていたのだ。看護ステーションを離れ、人目のつかない場所で静かに言われていたが、たまたまそこに紘一が通りかかった。

「谷平さんにそれを言ったら、また『すみません』って返されるんじゃないか」

沙耶が中尾主任に返事を返す前にそう言う紘一に、二人は言葉を失くし、紘一を見た。

「まぁ、谷平さんの『すみません』は耳につくけど。……どうだろう、『すみません』の代わりに『失礼しました』とか『申し訳ありません』とか『ごめんなさい』とか、言葉を変えてみたら？　それだけでも、印象が変わるんじゃないかな」

紘一の言葉に中尾主任は、初めは驚いたようだったが、すぐに納得したように言った。

「楢崎先生。それは一つの方法かもしれないですね」

「口癖を直すのは、それは言ってはいけないって禁じるよりも、別な言い方に言い換えて、次第に使わないようにするのが、良いんだと思うよ」

「……ですって。谷平さん、わかった？」

「はい」

紘一と中尾主任は、同じ頃から病院に勤め始めたから、それまでも何かと関わることが多く、信頼関係があったのだろう。だから紘一も口を出した。紘一に言われても、中尾主任が怒りを増すことがなかったことに、沙耶はホッとした。そして、アドバイスに従って、何に対しても使っていた「すみません」という言葉を、用途に応じて使い分けるようにした。正式に謝る場合は「申し訳ありません」を使い、ちょっとしたことには「ごめんなさい」と言い、どいてもらいたい時などは「失礼します」というように。

そのことをきっかけに、沙耶は紘一を意識するようになった。と言っても、病院の中で行き合えば挨拶をする程度だったが。そして、半年ほど経った時、食事に誘われ、告白されたのだ。

「僕と、結婚を前提に付き合って欲しい。というより、結婚して欲しいんだ」

食事を誘われた時から、ある程度覚悟はしていたが、結婚という言葉を聞いて、すぐには答えられなかった。

「僕の実家は、個人病院をしている。父が医院長なんだけど、そろそろ引退を考えていて。

戻って、そこを継がなくちゃいけない。きみも、一緒に来てくれないだろうか」

「……えっ？」

沙耶は、それまで恋愛経験がなかった。仕事が忙しく、生活に余裕がなかったこともあるが、そもそも男性に興味が持てなかった。かすかにある幼少期の記憶の父のせいだ、と自分では考えていた。家庭とか結婚とかに、憧れることがなかったし、自分が家庭を作っていけるとも思えなかった。

看護師の仕事をしていると、若い男性患者に言い寄られることもあったが、心を許そうとは思わなかった。徹底的に逃げた。『すみません』と言って。

三十路も近づく年齢になると、浮いた話がなく、言い寄られても断ってばかりいれば、むしろ人間性を疑われる。「クリスマスケーキ」つまり、二十五歳を過ぎても結婚しない女性は売れ残り、と揶揄する時代ではなくなっていたが、恋愛や結婚の話にも乗らず、興味もなさそうにしていれば、当然のように同僚の輪に入りづらくなっていた。

「楢崎先生と、というわけではなく、私、結婚とかあまり考えていないんです。家庭を持つということに、自信がないというか。料理も、得意じゃないですし」

「実家に帰れば、母もいる。母は料理が得意だし、好きだから、台所を君に譲る気はないかもしれない。その間にゆっくり、母から料理を教えてもらえばいいよ。……僕は、気の強い人が苦手でね。むしろ、バリバリと仕切るタイプだと、家に入ってもらっても、ウマくいくかどうかはわからない。その点、君はおしとやかだし、優しいし。何より出しゃばらなくていい」

「……」

「お嫁に入って貰うんだから、身一つできてもらって構わないんだよ。……失礼だけど、君の身上を調べさせてもらったよ。……養護施設の出身なんだね」

少しほてっていた頬から、さっと血の気が引いた。そうだ。結婚の話に向かわないようにしている最大の理由は、出自を知られたくなかったからだ。自由恋愛での結婚が多くなったとは言っても、養護施設出身の嫁をもらうのに、抵抗がない親などいまい。ましてや、地方の、病院の家系なら、親ばかりか親戚などがとやかく言ってもおかしくはない。

「正直に言うとね。最初は、父も母も、いい顔はしなかったよ。でも、君さえその気になってくれれば、逆に煩わしさのない話かもしれない、と言うようになってね。母は、……僕は一人っ子だから、女の子が欲しかったんだよ。だから、娘が出来たように迎えられるかしら、なんて言っているよ」

その時沙耶は、紘一のプロポーズに返事をしなかったと記憶している。それなのにしばらくたつと、紘一が結婚して実家の病院を継ぐために、今の病院を辞めるらしいと噂がたった。結婚相手は誰なのかぼやかされていたが。紘一との結婚の話は、沙耶の意思とは関係なく、進められていたのだ。

かといって、それではイヤだと思う、明確な気持ちが沙耶にあるわけではなかった。紘一を好きなのだろうか、と、自分自身に問うと、嫌いじゃない、と返ってくる。結婚してやっていけるのかと考えると、不安だけが渦巻く。ただ、望まれての結婚話は、沙耶に勇気と希望を与えた。今まで、自分を必要としてもらったことなどなかったから、余計に強い幸福感を抱いた。

紘一が、自分を幸せにしてくれる、そう思わずにはいられなかった。

第八章　白無垢

院内での恋愛が禁じられていたわけではなかったが、結婚することを大っぴらにしない方がいいだろうと紘一に言われ、沙耶は一身上の都合という事で、辞職することになった。看護師仲間の寿退社を純粋に羨ましいと思っていたから、自分は結婚することを口にすることなく職を辞していくことに、一抹の淋しさを感じた。紘一家族は、沙耶が養護施設の出身であることを、ことごとく隠したいという。特に親戚筋や地元の人には知られたくない。だから何事でも、沙耶の方が身を引くべきだというのだ。

結婚が近づくにつれて、不安はますます強くなったが、沙耶はそれを誰に相談することもできなかった。唯一、友梨香には結婚の先輩でもあるし、相談したいと思ったのだが、友梨香はちょうど二人目の子どもを妊娠中だったから、自分の悩みで不安にさせてもいけないと、相談することが出来なかった。

楢崎家は地元の神社との繋がりが深く、結婚式は神式での式となった。沙耶は、白いウェディングドレスを着た教会での式しか思い描いていなかったから、少し悲しい気持ちになったが、これもまた楢崎の言う通りに従うしかなかった。披露宴はしないが、式に楢崎の親戚が来るので、沙耶側は人を雇って代理父母に参列してもらうという。それなら、苑のパパさまと先生に谷平の両親を装って来てもらいたいと懇願したが、後々身元がわかってしまうとも限らないからと、聞き入れてはもらえなかった。

結婚のことはパパさまに手紙を書いた。望まれて結婚すること、その後楢崎家の病院での生活になり看護師としても働くこと。そして、養護施設出身だと知られないためパパさまに花嫁姿を見てもらえないこと。

結婚式当日、沙耶は白無垢の着物を着つけ、支度を整え控室で待っていた。

洋装の普段着とは比べ物にならないほど、着物を何重にも着つけていく。身が引き締まる思いと重量感で身動きが取れない。文金高島田のかつらに綿帽子も、頭が重くてうつむき加減になる。それでなくても気が重い式であり、その後の結婚生活だが、それを象徴するかのようだ。

花嫁衣装は古今東西「白」が定番で、それは「内側に何も隠し持っていません」という意味を表すのだそう。「白」は、ご遺体にも身に着けさせる。特に、顔に白い布をかけるのは、「魂の去ったもの」また「魂として復活する力を与えたもの」と考えるからだ。ウェディングドレスの時もベールをするが、和装の白無垢でも、綿帽子や角隠しの「白」で顔を隠す。これは、花嫁がご遺体になる、つまり「疑似的な死」という象徴だ。今までの生家を離れ、死という異世界に入り、新たに婚家で蘇る。

女性にとって結婚式とは、生死と同じ意味を持つのだと沙耶は改めて思いを馳せる。

朝早くから分刻みのスケジュールで、沙耶の身体は人の手に委ねられ着つけられて、まるで違う自分が出来上がった。今、たった一人で見知らぬ空間にいるのは、まさに異世界にいるのだなと沙耶は思っていた。

「失礼します」

聞き覚えのある声がして、羽織袴の大きな男性が入ってきた。顔を見上げたくても、頭が重く、綿帽子で視線が上がらない。

「……大丈夫。誰にも気づかれないように、細心の注意を払ってきたからね」

袴の裾を手で払い、沙耶の前に跪いたのはパパさまだった。

「どうして……」

そう言ったきり、沙耶は絶句した。結婚式の日時や場所まで知らせていなかったから、まさかパパさまが来るとは思わなかったのだ。

「お手紙をありがとう。お祝いを言わないではいられないと思ってね。

沙耶、結婚、おめでとう。

……それより、どうだい？　これ？　似合っているだろ？」

パパさまは着慣れない着物がたいそう気に入っているようで、袖を広げて沙耶に見せる。

「羽織を脱ぐと、宮司風にもなるんだよ。ここへ潜入するのに、コスプレしてみたわけだ」

沙耶は嬉しさとおかしさで、涙がこぼれそうになった。

「駄目だよ、泣いては。せっかくの支度がダメになってしまう」

すかさず、パパさまは白いハンカチを出した。沙耶はそれで目頭を押さえ、心を落ち着かせた。

「今、ものすごく不安の中にいました。この先、自分では想像のつかない自分になってしまうようで。……今までとは全く違う世界に行くようで」

「そうだね。……絶対に、沙耶に会いに行きなさいって、神様に言われたような気がしてね。友梨香から聞いて、今日、ここに来たんだよ。……沙耶に会えて、良かった」

跪いたまま沙耶の手を取って、パパさまは話し続ける。

「幸せになりなさい。沙耶には、神様もイエス様もついていて下さる。聖霊の導きだってある。……不安になることはないよ」

「はい。……ありがとうございます。でも」

パパさまの言葉に頷きながら、でも、大きくしゃくりあげて沙耶は言った。

「でも、このところずっと、教会には行けなくて、礼拝を守れなくて……。結婚したら、教会に行こうと思うことも、許されないような気がするんです」

「そんなことで、神様が沙耶のことをお見捨てになるわけがないじゃないか」

「でも……」

「くじけそうになったら、お祈りをすればいい。『助けて下さい』って言えばいいんだ。神様は、必ず見守っていて下さるよ」

「……」

「祈りの言葉が見つからなかったら、主の祈りを唱えればいい。……大丈夫。……強められるよ」

急に外が慌ただしくなった。パパさまとまだまだ話したいが、もう時間がない。

「じゃあ、今、主の祈りを唱えよう。

天にまします我らの父よ

願わくは

御名をあがめさせ給え

御国を来たらせ給え

御心の天に成る如く地にもなさせ給え

我等の日用の糧を今日も与え給え

我等に罪を犯す者を我らが赦す如く

我らの罪をも赦し給え

我等を試みに遭わせず

悪より救い出し給え
国と力と栄えとは
限りなく汝のものなれば成り
アーメン」
神社の一角で、キリスト教の主の祈りを唱えるなんて、ちょっとバチ当たりかも、と思いながら、パパさまと祈りを合わせたことで、慰めと力と恵みとを与えられた。
パパさまは、もう一度沙耶の手を握り締めると、立ち上がって静かに去って行った。
沙耶の手には、パパさまが残していった白いハンカチが握りしめられていた。

＊＊＊＊

古い日本家屋の楢崎邸は、畳生活に慣れていない沙耶には、とても住みにくい所だった。障子とふすまに隔てられただけだと、プライバシーが守られていないように思える。それでなくても、義父母は監視しているように、沙耶の一挙手一投足を気にしている。立っていても、座っていても、そこがトイレであっても、沙耶は気が休まる時がない。

朝起きて、洗濯や掃除に追われ、昼間は楢崎医院の看護師として働き、夜は晩御飯の用意や後片付けをする。

義母の満智子は、きっちりした性格だった。家事を完璧にこなすことだけが唯一の生きがいにしているようなところがあった。洗濯物の畳み方や食器の置く場所、その向きや順番が決まっている。屋敷中のありとあらゆるものも、少しでも動かせばたちまち満智子の知るところとなる。同じように毎日のルーティーンも、寸分狂うことなくこなしている。それは当然のように、嫁として来た沙耶にも要求される。幸い看護師の仕事も、ものの位置やスケジュール管理に厳しい仕事だったし、満智子の言い方や物腰は穏やかで優しかったから、沙耶はそれらのことを呑み込み、覚えていくことができた。

義父の昌治郎は、紘一と同じように無口でもの静かな人だ。が、一度機嫌を損ねてしまうと、激しく怒りをぶつけてくる。だから紘一も満智子も、昌治郎の機嫌が悪くならないようにいつも気にしている。紘一と二人きりになった時、こんな風に言われた。

「……昔気質の、よくいる外面だけがいい親父だよ。典型的な、日本の親父さんじゃないかな」

紘一の言葉に沙耶は頷けなかった。典型的な親父さん、という人種を知らないのだ。パパさまはいつも陽気で、静かな口調だがお話をたくさんしてくれる。機嫌を損ねたり、悪くなった時を知らない。苑には男の先生もいたが、やはり自分の負の感情を人にぶつけるような人はいなかった。病院での年配の男の先生を思い浮かべてみても、そこが仕事の場面だったからか、機嫌を損ねて怒りをぶつける人を見たことがなかった。

楢崎家に嫁ぎ、最初の夕飯時を沙耶は忘れることが出来ない。

沙耶は、満智子について晩御飯の支度を手伝っていた。座敷にビールとコップを持って行き、先付けとなる酒の肴の小鉢をちゃぶ台に置く頃には、昌治郎と紘一がその前にどっかりと座っていた。そして、ビールを注ぎ合い、小鉢を突き始めたのだ。

さすがに沙耶も、食前の祈りを捧げてから食事になるとは思っていなかったが、満智子も自分もまだ食事の用意も終わらないうち、男性たちだけが晩酌を始めたのにはびっくりした。揃って「いただきます」をするのが、家庭の食事の在り方だと、教えられていたからだ。肴の小鉢の後、刺身の乗っている皿は昌治郎と紘一の分しかなく、メインとなる煮物料理やサラダは、大皿に盛られていた。それを持って行けば、すぐさま二人はそれを食べ始めている。

二人でビールを二本空けた後、昌治郎はコップをトンと音を立てて置いた。それを合図に満智子がはい、と言って座敷に行こうとする。

「沙耶だ」

大きな舌打ちと共に昌治郎の声が飛んだ。フッと苦笑いした満智子は、沙耶に言った。

「お父さんに、お酌をして頂戴」

「……お酌って？」

「て、あなた……。お父さんのお酒のお相手をするのよ。……あ、飲んではダメよ。そういうの、嫌いな人だから」

普段の満智子に似つかわしくなく、少し剣のある言い方だった。

「あ、はい」

「まずは、今日は何にするか、聞いてきて。たぶん、熱燗だろうけど」

「はい」

まるで女中じゃないか、ふとそう思ったが、言われたことを素直にやることが最優先事項だ。

沙耶は自分の雑念を無理矢理振り払う。

座敷に顔を出すと、お伺いを立てる前に昌治郎は言った。

「熱燗だ。酒は秘蔵のやつにしてくれ。そう言えばわかるから」

台所に戻り満智子にそれを伝えると、昌治郎の声は聞こえていたのだろう。満智子は、徳利にお燗をしていた。

「お父さん、上機嫌ね。……沙耶さんが来て、喜んでいるんじゃないかしら」

苦笑いをしながらの満智子の言葉は、それほど含みを持ったものではなかったが、沙耶は言い知れぬおぞましさを感じていた。

徳利とおちょこ二つをお盆に、沙耶が昌治郎の横に座ると、ビールでほろ酔いになった勢いを借り、昌治郎は沙耶の肩に手をかけようとする。

「ちょっと、お父さん。……僕の嫁さんですよ」

冗談交じりに紘一が声をかけなかったら、昌治郎は本当に沙耶の身体に触れていたかもしれない。

「……お、お待たせしました」

徳利からお酒を注ぐなど初めてやることだし、お燗したそれは思った以上に熱かった。その上、昌治郎に触れられそうになり怖かったから、気が動転して震えながらやれば、当然酒はおちょこから溢れてしまう。

「すみません！」

また悪い癖が出ている、と思いながら、沙耶は泣きそうになって、あたふたと台ふきを探しに台所に戻る。

「しょうがないわねぇ……」

と、満智子に呆れられながら、座敷からの、紘一と昌治郎の笑い声に気持ちが滅入り、沙耶の心は縮み上がっていた。

しばらく、昌治郎と紘一と交互にお酌していると、満智子が茶碗と汁椀を持って入ってきた。

「沙耶さん、台所からお櫃を持ってきて。……後、お湯呑みも用意しておくのよ」

台所に一人戻ると、沙耶は膝に手をあて、肩で息をした。まるで何千メートルも持久走をしてきた気分だ。結婚生活はスタートを切ったばかりなのに。頬に手をあて、ひとまず落ち着いて、お櫃を持って行く。もう一度台所に戻りお湯を沸かして、湯呑みと急須のお茶のお盆と、お湯の入ったポットを持って行くと、ようやく自分の食前に座ることが許された。

昌治郎や紘一は、酒のつまみのようにおかずを食べていたから、当然のように食べ終わっている。驚いたのは満智子だ。いつ、どうやって腹を満たしたかはわからないが、沙耶が座った頃には、茶碗の最後の一口を口に持っていったところだった。

「お茶」

沙耶が座ったのを待っていたかのように、昌治郎の声が飛ぶ。

「言われないと入れられないのか」

ご飯とみそ汁を口にしたら、酔いが冷めてしまったのか、少し不機嫌な様子で昌治郎はお茶の催促をする。

「はい」

結局、自分の茶碗には手も触れず、急須にお茶を入れ湯呑みに注ぎ配膳した。それを一口飲むか、飲まないうちに、昌治郎も紘一も立って、座敷を出ていった。満智子は、両手で湯呑みを手に包み、ゆっくりお茶を飲んでいたが、食事に手を付けられなかった沙耶を一瞥して言った。

「もう少し、手際よく出来るようになりなさいね」

そして、

「ご馳走さま。……片付けはお願いね」

そう言って、座敷をあとにした。

＊＊＊＊＊

朝の掃除や洗濯の手際がわかるようになった頃、沙耶は満智子に奥座敷に呼ばれた。

「そろそろ、こちらのお祀りも、あなたに任せようと思うのでね」

奥座敷の仏間には、神棚と大きな仏壇がある。どちらもどのようにお祀りしていいのか、沙耶は全く知らなかった。というより、自分はキリスト教を信仰するクリスチャンなのだ。仏式のお葬式や、神式の結婚式に参列することはあっても、毎日これらをお祀りすることが、果たして許されるのだろうか。

満智子は、沙耶の心内を知ってか知らずか神棚のお供え物は米と塩と水で、毎日新しいものを取り換えるのだと、説明をしていく。

「……ちょっと、待って下さい。……私は、その」

おどおどしながら、それでも今言わなければ今後言うチャンスはないだろうと、沙耶は満智子を遮った。振り向いて、沙耶を見る満智子の視線は射るようだった。

「あなたがクリスチャンだということは知っています。私らは何も、信仰を捨てろとか言っているんじゃありませんよ。ただ単に、楢崎に嫁として嫁いだからには、その務めを果たしてもらいたいだけです」

鋭い目つきとは裏腹に、満智子の言い方はむしろ穏やかだった。そして、お祀りのあるべき姿を淡々と話し出す。

正月が来れば門松を飾り、初詣に出かける。秋にはお祭りという神事もある。お盆や春秋のお彼岸に墓参りをしたり、一族で集まったりするのは仏教行事だが、それらはすべて日本の風習であり、誰もがやっている年中行事だ。日本人として生まれ、日本に住んでいるなら、当たり前のしきたりだ。

「お正月におせち料理で、新年をお祝いする。そのおせち料理には、代々伝わる作り方や味や、盛り付け方があって、それを大事に継承していくのが、当たり前ですよね」

幸い、家に神棚を飾り、仏壇も備わっているから、それを毎日お祀りする。その務めを果たさずして、家人になったとは言えない、と。

「形骸化はやむを得ないことだと思いますけれどもね。最近は、家に神棚や仏壇がないばかりか、墓参りやお宮参りもおろそかにする人が増えているから、心や身体を病んでしまうのだと、私は思いますよ。ご先祖を祀り、神々を敬わないと」

そう言うと満智子は、神棚にお供え物をし、二拝（深いお辞儀を二回）二拍手（拍手を二回）一拝（深いお辞儀を一回）すると、沙耶に向き合い、やってみなさいと言った。仕方がなく沙耶も、二拝、二拍手、一拝をして、心を整える。

「では、次はお仏壇です」

仏壇にはご飯（仏飯）とお茶をお供えして、ろうそくに火を灯し、お線香をあげる。そして、鐘を一つ鳴らして、合掌する。

神棚には八百万の神々が祀られており、仏壇では先祖代々を拝む。それは風習でありしきたりで、家人としての務めなのだからと言われれば、沙耶は黙ってそれに従うしかない。自分が抱えている違和感や抵抗感は、初めて知る日本のしきたりに驚いているだけなのだと、自分に言い聞かせる。

《慣れなければ。きっちり覚えて、つつがなくこなしていかなければ。それが、楢崎家に嫁いだ自分に課せられた使命なのだ》

沙耶は、仏壇に手を合わせながら、明日からもこの「お務め」を果たしていく決意をしていた。

＊＊＊＊

普通のお嫁さんとはこういうものだろうか、と考えることはあった。

義母の満智子の下で家事をしながら、昼間は病院で看護師として、医師の紘一の手助けをする。病院には医療事務をやっている女性や、義父昌治郎が医師をしていた時からの看護師の女性もいるから、会計は沙耶の知るところではない。収入は一家のものということで、昌治郎が握っているし、生活費は満智子が管理している。沙耶が買い物に出かける時は、食費用の財布を持たされて、満智子の前で買って来たものとレシートと突き合わせをする。つまり、沙耶は自分が欲しいものが買えないのだ。

食事のメニューは満智子が決めて、買い物リストが渡される。初めのうちは、楢崎の家の味や風習に慣れるのに必死で、買い物リスト以外のものを買おうとは思わなかった。が、一年も過ぎれば、お店に並んでいる旬のものを食べたい、食べさせてあげたいと思ったり、目新しい飲み物やお菓子を買いたくなったりする。

実際、買って帰ったこともあったが、満智子はいい顔をしなかった。そして、自分が買ったものは沙耶が調理してみるのだが、なぜかうまくいかず、おいしく出来上がらない。目新しい飲み物もお菓子も、家族にはウケなかった。

そんなことが続くと、沙耶は自分で買いたいものなど、考えなくなる。

自分の私的なもの、洋服や本などは、満智子に申告してお小遣いとしてもらう。しかしこれは、成人して自分で働いて収入を得たことのある沙耶にしてみると、何だか屈辱的なことなのだ。子どもに戻されたような。

紘一も同じような扱いだったが、紘一にとって今は、楢崎医院の医師を務める大黒柱だから、申告と言っても「ちょっと、十万くれ」と言って引き出せるＡＴＭのようらしい。

そこは嫁なんだから、で、すべての事が片付けられる事に、沙耶はモヤモヤとしたものが溜まっていく。

《こんな時、自分にも実家があり、お父さんお母さんがいれば、家風の違いを愚痴ったり、アドバイスをもらったり、出来るのだろうな》

と、沙耶は思う。

いつでも、なんでも話せる友梨香の事が頭に浮かぶのだが、彼女もまた子育て真っただ中で、家族もなく奮闘しているであろう事を考えると、会って話すことは憚れる。実際には、電話をする暇も作れないでいたのだが。

楢崎の家に嫁に入って沙耶は孤独だった。一生懸命尽くしているのだが、いつまでたっても自分の居場所が出来ない感覚があった。

そして、再び思うのだ。

《普通のお嫁さんとは、こういうものだろうか》と。

第九章　脱　出

結婚しても子どもに恵まれなかった。理由は単純だ。セックスレス、夜の夫婦の営みがない。新婚当初は、お互い子どもが欲しいし、熱い気持ちがあったのだが、楢崎医院という個人病院を父から継いだ紘一も、楢崎家に嫁入りし義父母に仕える沙耶も、自分たち夫婦の関係を育む前に、目の前のことに忙殺されていた。気が付くと、お互い同居人のような関係で、夫婦としての結びつきが持てなくなっていた。

二年が過ぎた頃からか、沙耶は一人焦りを感じていた。

義父母の一挙手一投足を監視するような目が、その頃も一向に緩む様子はなく、むしろ縛りが厳しくなっているような感じだ。四人の関係はすでに膠着しているが、沙耶にとってそれは、居心地が悪くなる一方で、それを打開する唯一の方法が、子どもが生まれることだと思うのだ。

現実的には、義母満智子は家事から手を引いており、ほとんどが沙耶に任されている。それは子どもが生まれたからといって、満智子が代わってくれると思えなかったから、労働的には大変になるかもしれない。が、常に満智子や昌治郎のご機嫌を気にして行動をしている沙耶自身が、子どもが出来たらその呪縛から解放されるように思えるし、何より満智子や昌治郎が、沙耶より子どもに関心を持つだろうから、膠着した関係も変わるだろうと思うのだ。

悶々と過ごす中、不妊治療に行きたいと言い出せば、状況が変わるのではないかと閃いた。一大決心をして沙耶は、紘一に話してみた。が、紘一はバツが悪そうな顔をしただけで、行っていいとも、悪いとも、状況を打開すべき努力をしようとも言わなかった。態度も行動も全く変わらなかったのだ。

紘一の反応があまりにもそっけなかったので、思わず満智子に話してみたのだがその応えは最悪だった。

「子どもが出来ないってね。そんなの、ひとえにあなたの努力が足りないからに決まっているでしょう。……病院に行ったところで、お高い費用を取られるだけで、変わるわけがありませんよ」

半分は当たっている。夫婦の営みがないから子どもが出来ないのだ。ならば、病院に行っただけで子どもが出来るわけがない。でも、真剣に向き合うきっかけにはなる。

「簡単に不妊治療って言うけど、法外なお費用だというじゃありませんか。それ以前にすることがあるはずです」

《お義母さんに相談した私がバカだった》

沙耶はそう思って、自分を諌めた。

三十代にもなれば、妊娠したとしても高齢出産になってしまう。医療が進んでいるといっても、妊婦にも子どもにもリスクは高くなる。考えたくはないが、子どもに万が一障害があったとしたら。自分は育てたいが、紘一や義父母たちはどう思うだろうか、どうするのだろうか。現状が変わって欲しいために「子どもさえ出来たら」と思っていたが、はたして本当に子どもが生まれたら、楢崎家の人たちはどんな態度を取るのだろう。

沙耶に対しても、細かく口出しはしても、決して手出しはしない満智子であり、楢崎の家族だ。育児や子育てに対しても、楢崎のしきたりを振りかざしてくるだろう。それでいて、抱っこもせず、あやしもしない。ミルクはこう、離乳食はこう、トイレトレーニングはどうのと、うるさいことを言われるだけ言われたら、自分も子どももどうにかなってしまうかもしれない。

そんな風に考えていたら、「子どもさえ出来たら」という考え自体が、浅はかなもののように思えてきて、沙耶はもう考えるのをやめた。

＊＊＊＊

楢崎の親戚に不幸があり、葬儀に参列することになった。その時ちょうど、昌治郎が腰を痛めてしまい、歩くのに不自由をしていたから、名代で紘一と沙耶が出席することになったのだ。

早朝、火葬場で荼毘に付されたご遺骨は生家に戻され、そこでお経を捧げる。その後、ご遺骨を抱えた喪主を先頭に、お寺まで葬列をなす。

葬列の時は、夫婦が二人組で並んでいたが、お寺で正式な葬儀として本堂で座る時は、男性が右側、女性が左側で、ご本尊を拝するのではなく、向かい合って座るのだった。

勝手がわからなかったから、紘一の後についていけばいいだろうと考えていた沙耶は、席を離されることに不安が募った。と同時に、なぜ男性、女性と分けるのだろうと、ぼんやり考えていた。

葬儀が終わり、その後の精進落としの会食では、男性たちは席についているものの、女性は立って給仕をしている。沙耶も黒いエプロンを身に着け、その女性たちの中に紛れ込んだ。

《慣れた》

男が食事する時に、女は立って給仕する。お酌をする。その構図に、沙耶は疑問を持たなくなっていた。考えないようにしているのだ。男尊女卑じゃないの、と思えばそうなのだろう。だが、それを誰に言ったところで、わかってもらえない。むしろ、昔から脈々と伝わってきたことに異を唱えることになり、混乱を引き起こす。その矢面に立って戦うことなど、沙耶には出来ない。息を潜めて、風習やしきたりに身を任せればいいと、思うようになっていた。

＊＊＊＊

いつの頃からか満智子は、夜外出することがあった。初めは月に一度だったが、週に一度になり、最近は週に二度の時もある。やがてどこに行っているか知ったのだが、手をかざしてパワーを送る先生のところに行っているという。

「ねぇ、お義母さんが行ってらっしゃるところって、怪しくはないの？」

紘一と二人の時、沙耶は心配になって聞いた。

「一種の宗教なんだろうな。……風邪をひいたり、お腹が痛くなったりしたら、お袋は、その先生に電話して『遠隔』とやらを飛ばしてもらうんだそうだ。すると、先生のパワーが効いて、病気も治るんだってさ」

「おウチが、病院なのに？」

「医者の不養生って言うだろ？　自分の健康には留意しないって。……親父は昔っから、家族に対してもそうでさ。お袋は、自分の身は自分で守ってるんじゃないの？」

「それで、いいのかしら」

「お袋も、親父に対してあてつけてるところがあるもかもね。……その『遠隔』をやってもらうと、かなりの費用が掛かるらしい。治るからもったいなくないって、お袋は主張するけどね」

紘一はそう言いながら、薄ら笑いを浮かべていた。

「……そう」

沙耶も、話を引き取るべくそう答えて、満智子の事を考えるのはやめようと思った。

《それにしても紘一さんって、人の事だと饒舌になるんだわ》

と、沙耶はぼんやり考えた。

紘一は自分自身のことを語りたがらない。医師という職業人として、患者や相手に対して「こうした方がいい」「こうしなさい」などと言うのはずけずけと言っているのに、自分の事となると「こう思う」とか「こうしたい」と言うことさえほとんどない。沙耶がそれに気が付いたのは、結婚してずいぶん経ったからなのだが。

テレビを見ていても、誰かの話を聞いていても、それにあまり反応をしない。自分の考えや思い、気持ちと言ったものを言葉にしないのだ。沙耶は紘一が何を考え、どう感じているのか話さないことに気が付いた当初は、やきもきしたのだがしだいに悩まなくなった。紘一は何も考えていないと、思えてきたのだ。

両親の昌治郎や満智子が、紘一の小さい頃から何もかも決めて、レールを引いて歩かせてきたのだろう。紘一は、それに疑問を持つことなく、反発することなく、たゆまず歩んできた。だから、大人になって自分が考えることや思うことがなく、育っていないのだ。話す時は、昌治郎や満智子の考えを代弁する。それが紘一の生き方のようだ。

ある時、満智子が何やら不敵な笑いを浮かべて沙耶に近づいてきた。

「結婚して五年も経つというのに、ちっとも子どもが出来ないって、先生に相談してみたのよ。そうしたら、やっぱりお嫁さんに問題があるんじゃないかって。一度面会にいらっしゃいって言って下さったのよ」

「えっ？」

満智子の言う先生というのは、手かざしの先生の事だ。

「今度、先生のところに行くときに、あなたも一緒に行きましょう」

「……それは、勘弁してください」

消え入るような声で、それでも沙耶はきっぱりと拒否した。

「あら、どうして？　先生のお話はためになるのよ。手かざしのパワーを与えて頂けば、きっと赤ちゃんを授かるわ」

「それよりも、婦人科を受診させてください。不妊治療というわけではなくて、体質的なところを見てもらいたいので。……話は、それからです」

それは、沙耶の苦し紛れの先延ばし作戦だった。

「まぁ、そうね。一度、健診ぐらいはしてもらわなきゃいけないわね。……じゃあ、紘一と一緒に行こうかしら」

「……」

最近になって満智子は、孫の誕生をせっついてくる。夜の営みがないことを知ってか、知らないのか、「赤ちゃんが出来る出来ないは、どうあっても女性側の責任なのだ」という理論を振りかざす。「女に魅力がないから」「女として役立たずだから」。

「妊娠こそ嫁の務め」「子どもを産み、育てて、嫁として一人前」と、沙耶の顔を見ると、聞こえよがしに言うようになっていた。その先生のところでは、そういう考えが蔓延しているらしく、あるいは、先生がそう唱えるのか、満智子は自分の言葉に自信を強めている。

時に「最近じゃ、こういうことを言うのは、セクハラとか、マタハラとか言うらしいけど」と、自戒している風をつくるのだが、「でもね。なんやかんや言っても、まわりが盛り上げることも、赤ちゃんを授かるプラスのエネルギーだって、先生がおっしゃるのよ」と。

＊＊＊＊

そしてその晩、満智子と紘一は手かざしの先生のところに出かけて行った。昌治郎と残された沙耶は、二人で食卓を囲んでいた。

いつの頃からか昌治郎は酒量が増えていた。沙耶は一切口に出さないが、満智子はチクリチクリと「飲みすぎですよ」と注意をする。沙耶にも「お酌をしなくていい」と言う。

その日も、いつも通りお燗をした徳利を用意したが、満智子がいないことをいいことに、昌治郎はもっと、と言ってきかなかった。仕方がなく、沙耶は更にお酒を用意したが、それを昌治郎は手酌で飲み続けていた。

昌治郎は、かなり酩酊している。

「子どもが出来ないってな。……紘一とちゃんと子づくりしてんのか？　子づくりしないと、子どもなんて出来ないんだぞ」

《知ってますよ》

と、沙耶は昌治郎に聞こえないように、心の中で呟く。

確かに、子づくりをしてない。だから子どもが出来ない。でも、そのことを考えるのをやめてしまって、しばらく経つ。

食事の手を止め、ぼんやりとしている沙耶は、酔いが回って鋭い目つきで見つめている昌治郎の視線に気が付かなかった。

「子どもが産めるように、ワシが手ほどきをしてやろうか？　紘一では満足できないから、子どもが出来ないのだろ？」

《悪い冗談は、よして下さい》

そう思いながら口には出せず、昌治郎から顔をそむけてしまった。昌治郎はゆっくりと立ち上がると、ふらふらと歩き出す。トイレにでも行くのだろうと、暢気に構えていた沙耶の背後に立つと、昌治郎は崩れるように、沙耶の背中に抱き着いてきた。

「どうせ子どもが出来ないなら、都合がいいじゃないか。……もし、出来たとしても、直接ワシの子どもなら、それはそれで都合がいい」

昌治郎は、沙耶の耳元でゆっくり呟き、首筋から背中へと舌を這わせる。舌の感覚をビリビリと感じながらも、沙耶には今の自分に何が起こっているかわからなかった。

「さては、おまえ、飢えているんだろ？　……紘一は、こういうこともしてくれないのかい？」

老人といっても昌治郎の力は強い。沙耶を抱きしめた腕で、あおむけに押し倒そうとする。不意を突かれた沙耶は、床にねじ伏せられた。

「や、やめて下さい」

大きな声を出したつもりなのに、舌がもつれ、のどが詰まり、蚊の鳴くような声になってしまう。それを、了解したとでも取ったのか、昌治郎は不敵な笑いを浮かべながら、沙耶の唇に吸い付いてきた。

唇を噛み、顔を背け、必死に抵抗していると、沙耶の頭の中に、幼い日実の父から受けた虐待のかすかな記憶が蘇ってくる。そして、胸の奥底のキリキリとした痛みが、音を立てて近づいてくる。

息が出来ない。

意識が遠くなっていく。

心も身体も動かなくなりそうだと、自分でもわかる。

昌治郎の言いなりになってしまっても、それはそれで今までとは違った力関係になるのではないか、と頭によぎった。

否、それは悪魔のささやきだ。

「イヤです。……やめて下さい」

かすかに残っている力を振り絞って、沙耶は身体をねじり、昌治郎から遠ざかろうとした。

「いいのか？　ここでワシの言うこと聞くのも、ここで生き残っていく道だと思うぞ？」

半身を起こした沙耶は、首を振った。

「おまえに、病院の院長夫人の地位を捨てることができるのか？　ここを出て行っても、戻るところなど、どこにもないくせに」

その言葉に、ゆっくりと沙耶の瞳から涙がこぼれ落ちた。

楢崎家の家庭を守るために、必死に努力してきた。文字通り身を粉にして働いてきた。嫁として受け入れてもらうために、言いつけを守り、家事一切を担い、神棚に手を合わせ、ご先祖を拝み、仏壇に礼を尽くしてきた。病院では看護師として働き、その責務を果たしてきたのだ。

それは、自分のためにしてきたわけではなく、楢崎家のためにしてきたつもりだった。家族として認めてもらうために。自分が、院長婦人だなどと思ったことはなかった。そうだったとしても、それに地位があるとは思えなかった。

が結局、楢崎の家族には、沙耶がそれにしがみついているように見えるのだろう。昌治郎の言葉は、それを語っていた。

「所詮、おまえに帰る家などない。出て行くことは出来ないはずだ。……だから、大人しく、ワシの言うことを聞くんだ」

のけぞっている沙耶に、再び襲い掛かろうとする昌治郎を、沙耶は振り切った。立ち上がり、慌てて自室に逃げていく。ふすまを閉め、息を整えると、沙耶は強く思った。

《ここを出よう》

災害時に、最小限持ち出そうと思っている、小さなバッグがある。中には、携帯用の新約聖書と、パパさまからもらったカード、結婚式の日の白いハンカチが入っている。それをつかみ取ると、スニーカーを持って、昌治郎に気づかれないように、裏口から家を出た。

どこに行く当てもなかった。

自分が、何も考えていないことに気づく。こんな日が来ることなど、想像もしていなかった。いや、頭によぎったかもしれない。でも同時に、考えるのをやめていた。

＊＊＊＊

気が付くと、楢崎の家とは遠く離れた公園にいた。ずいぶんと歩いてきたので、座りたかった。ベンチは大きな木々の下に設置してあり、暗がりになっている。公園の中央に街灯があり、そのそばにあるブランコに座ることにした。

見上げると、夜空にぽっかりと月が出ていた。満月に近いのか、あるいは満月から何日か経っているのか、少し欠けた月だった。

「今は、秋だ」

沙耶は呟くように言う。

季節を感じることを忘れていた。

「くじけそうになったら、お祈りをすればいい。『助けて下さい』って言えばいいんだ。神様は、必ず見守っていて下さるよ」

結婚式の日、神社に忍んできてくれたパパさまが、最後に送ってくれた言葉を思い出していた。

《それなのに、私ったら》

祈ることも、すっかり忘れていた。

禁じられているようで、祈れない日々が続いていたら、神様やイエス様から自分は遠く離れてしまった。

毎朝、神棚や仏壇に手を合わせる時、ふとイエス様が教えてくださった神様に祈りたくなる。が、神棚や仏壇を前におかしい、と思う前に、祈る言葉も気持ちも思いも、かき消されるように黒く塗りつぶされる。

そして、いつの頃からか、何も考えないようになっていた。神様もイエス様も、自分の事も。紘一も、満智子や昌治郎、楢崎家の事も。過去も未来も、たった今の事すら。

どこからか、パパさまの声が聞こえてくる。沙耶を支えてくれた言葉だ。

「なんだい、沙耶。君は、自分がイエス様や神様から離れてしまったと思っているのかい？枯れかけた、今にも切り離されようとする枝みたいだと、自分を思うのかい？

それは、違う。

君がイエス様から手を放したとしても、イエス様の方が、しっかりと君をつかんでくれているよ。

君が神様を必要としなくても、神様の方は、君を必要としているんだよ。

枯れかけてダメになったみたいな枝でも、見えない地下の根っこでは、しっかり繋がっているんだよ。

君が信じているイエス様は、君を決して見捨てない。いつでも、どこにいても、どんな場合でも、共にいて下さる。

心配しなくていいのだよ」

《ぶどうの苑に帰りたい》

沙耶は強くそう思った。がそうすれば、楢崎親子が苑に怒鳴り込んでくるのは、目に見えている。苑やパパさまに迷惑がかかると思うと、帰ってはいけないように思う。

《どうしたらいいんだろう》

沙耶は祈ろうと思った。言葉は出ず、何も浮かんではこないのだが、必死に心を研ぎ澄まそうと思った。それでも、自分の心が黒く霞んだように見えるだけだ。

「祈りの言葉が見つからなかったら、主の祈りを唱えればいい。……大丈夫。……強められるよ」

《ああ……》

ここに至り、パパさまの言葉を思い出す。

《主の祈りを唱えればよかったんだ。ちゃんと、唱えられるかな》

『主の祈り

　天にまします我らの父よ

　願わくは……』

沙耶は小さな声で主の祈りを唱えた。ちゃんと唱えられた。ちゃんと覚えていた。ブルブルと震えていた心が、少し強められた気がする。

《もう一度、唱えよう。何度も唱えてみよう》

そう思って、何度も主の祈りを唱え始めた。

すると、聖書のたとえ話が思い浮かんだ。「放蕩息子のたとえ」ルカによる福音書第十五章十一節からのくだり。

ある人に二人の息子がいた。弟が「わたしが頂くことになっている財産の分け前をくださ い」と言い、その財産を持って遠い国に行った。放蕩をして食うにも困るようになり、豚の世話をするまでになった。その豚の食べるいなご豆を食べてでも、腹を満たしたいと思ったのだ。ここをたち、父のところに行って言おう。「もう息子と呼ばれる資格はありません。雇い人の一人にしてください」と。父親のもとに行くと、まだ遠く離れていたのに、走り寄って首を抱いた。そして、祝宴を開くほど、弟息子が帰ってきたことを喜んでくれた。「弟は死んでいたのに生き返った。いなくなっていたのに見つかったのだ。祝宴を開いて楽しみ喜ぶのは当たり前ではないか」

この箇所のパパさまのお話を、いつ聞いたのか忘れてしまったが、沙耶の心に強く残っていた。

父の財産を使い果たして、放蕩をしていた息子がノコノコと帰ってくるのだ。万国どこの父でも「勘当だ」と、しかりつけるのが当たり前だ。だが、イエス様の父である神は、怒るどころか、放蕩していた息子を温かく迎え入れる。まだ遠くにいるのに、走り寄るのだ。

「人の道を教える宗教はあまたあるけれども、神様の方から走り寄ってきて、迎え入れて下さるのは、キリスト教だけだと言える」

パパさまは、そうおっしゃっていた。

「功徳を重ね、善行を積むことが、神や仏に近づける、と説かれることが多いけれども。

……キリスト教の神様は、あるがままのその人を受け入れて下さるのだよ。良いことをしたからなどの条件がないいんだ。たった一つ、神様のところに歩み寄ろう、そう思うだけで、出迎えて下さるのだよ。

『死んでいたのに生き返った。いなくなっていたのに見つかったのだ。祝宴を開いて楽しみ喜ぶのは当たり前ではないか』と、心から祝福して下さるのだよ」

沙耶は思う。

放蕩息子だって、財産を使い果たしたいと出て行ったわけじゃない。独り立ちして、父に負けないよう頑張ろう、一旗揚げてやろうと出て行ったのかもしれない。でも、世の中はそんなに甘くはなかった。結局は世間知らずだったのだ。財産を搾取され、豚の世話をするまでに落ちぶれてしまった。

《まるで、私みたいだ》

沙耶は一人自嘲する。

私だって、放蕩をしたわけではないけれど。……結婚すれば、幸せになれると思っていた。パパさまのもとを離れて、楢崎家に仕えても、立派にやっていけると思っていた。

でも、世間知らずだった。世の中の風習とかしきたりに惑わされて、気が付くと大切にしてきたイエス様の教えを失くしてしまっていた。身も心も奪い取られていた。

まるで、放蕩息子の末路、豚の世話をして、そのいなご豆を食べてまで飢えをしのぎたいと思っていた姿じゃないか。

ずっと、考えずに、見ないようにしてきた自分の姿を思い出した時、本当にみじめでみすぼらしく、何もない自分がいた。

《そんなの、生きているって言えない。

帰ろう。

パパさまのところに戻って、もう一度、生まれ変わってやり直させてもらおう》

沙耶はその夜、夜通し歩いてぶどうの苑にたどり着いた。

第十章　落　雷

こころを高くあげよう。
主のみ声にしたがい、
ただ主のみを見あげて、
こころを高くあげよう。

霧のようなうれいも、
やみのような恐れも、
みなうしろに投げすて、
こころを高くあげよう。

沙耶は、大好きな讃美歌第二編一番を呟くように歌い、そして歩き続けた。
《迷っても、道を見失っても、嘆くことはない。立ち止まっても、座り込んだってかまわな

い。そこからもう一度歩き出せばいい。歩き続けていれば、いつかは目的の場所に、たどり着くことが出来るはずだから》

その夜、夜通し歩いてぶどうの苑の教会の塔が見えてくる道を曲がった頃、白々と空が明るくなっていた。

苑の入り口のあたりで、山の合間を登っていく太陽を見つめていた。

ついこの間まで、残暑が続いていた。今は初秋になったばかり。夏の暑さから解放された草花が、秋の爽やかさに羽を伸ばしているようだ。ぶどうの苑まで続く山道は、ぶどう畑が続いているが、ぶどうの実がたわわに実っていて、それはどれも白い袋がかぶされているが、その芳醇な香りがあたり一帯にあふれているようだ。

パパさまは若い頃、フランスの山の上のカトリック修道院で修行をしていた。だから「パパさま」という神父様に使うような呼称をされるわけだが、教会の建物も、三角屋根の高い塔に鐘がついているような、カトリックの教会を彷彿させるような作りになっている。

教会やその奥のぶどうの苑の建物は、ヨーロッパ調の石作りで、古いが格式が高く風格がある。

「美しい」

沙耶は思わず、呟いていた。

ぶどうの苑にいる頃は、あまりそんな風に思わなかった。一度苑を離れて改めて訪れてみると、建物の様子を見るだけでも懐かしく、心がときめくようだ。

そろそろ早出のスタッフや先生たちが始動する頃だ。こんな朝早く、しかも手ぶらで、十数年も経つ卒園生が来ても、困るだろうし、怪しまれるだろうが、ここまで来たからには、とにかく建物の中に入れてもらおう。

そう思って沙耶は、苑の裏口からそっと中を覗き込んで、声をかけた。

はい、と言って出てきたのは、幸運にも小野寺先生だった。

「沙耶ちゃん？　久しぶり」

「どうしたの？」とか、「何かあったの？」とか、当然聞かれると思ったが、小野寺先生は沙耶の様子を一瞥すると、すべてを悟ったように、沙耶の背後にまわり、背中に手をかけ、さするように抱きしめた。

「よく帰ってきたね。いらっしゃい。さぁさぁ、入って入って。……今、ちょうど温かいお茶を入れたところだから、一緒に飲みましょう」

沙耶は背中を押されるがまま進み、小さな談話室に通された。

「ここで待ってて。お茶を持ってくるから」

何かを聞かれたら、どう答えようか、考えてもまとまっていなかったから、何も聞かずに対応してくれる小野寺先生に会えて、とても嬉しかった。

お茶を持ってきてくれて、それをゆっくり飲んでいる沙耶に、それでも小野寺先生は何も聞かなかった。湯呑みが空になるころを見計らって、ようやく口を開く。

「沙耶ちゃん。もしかして疲れているかもしれないけど。……実は、早出のスタッフが一人、具合が悪くて人手が足りないの。子どもたちの朝食の配膳とか手伝ってもらえると、とっても助かるのだけど、どうかしら？」

「はい。大丈夫です」

「そう？　良かった。助かるわ」

昨日の晩は一睡もせず、ずっと歩いてきたから、疲れているのかもしれなかった。でも、ランナーズハイとでもいうのだろうか。今は高揚感で満たされていて、疲れを感じていない。

白い割烹着にマスクをし、帽子をかぶり、消毒液で手を洗い、キッチンに入った。調理をしているスタッフに、卒園生の沙耶さんだと紹介すると、小野寺先生は別の仕事があるようでキッチンを離れた。沙耶は指示を仰ぎ、配膳の準備をする。

小一時間ほどの作業をすると、子どもたちが食堂に集まってくる。それぞれのプレートを持って席に着くと、スタッフも食卓へと案内される。沙耶は言われるがまま、席に着いた。

沙耶が知らない先生が、食前の祈りを唱える。みんなと揃って祈りを捧げる時を持つのは、あまりにも久しぶりだった。

「……与えられました、今日の糧を感謝いたします。このお祈りを、主イエス・キリストの聖名によってお捧げ致します。アーメン」

沙耶もみんなと一緒に、アーメンと声を合わせると、しばらく頭をあげられなかった。祈りの言葉が胸に染みて、涙がこぼれそうになっていたからだ。

今日の糧に感謝することも忘れていた。

思えば、空っぽだった結婚生活を思い出して、むなしさが蘇ってくる。

《心から感謝して、頂かないと》

そう思い、食事に手を付けようとした時、肩に手を置かれた。

「沙耶。お帰りなさい。よく帰ってきたね」

見上げると、パパさまが立っていた。

「パパさま……」

思わず立ち上がってしまった沙耶だが、その後の言葉に詰まった。

「朝食の準備を手伝ってくれたんだって？　ありがとう。お腹がすいているだろう？　たくさん食べなさい。そして、ゆっくり休みなさい。……話はそれからでいいよ」

「あ、……はい」

パパさまに言われて、初めて自分はお腹がすいていて、ひどく疲れていることに気が付く。

椅子に座りなおして、もう一度、自分なりに感謝の黙祷を捧げ、食事を食べ始めた。

そんな沙耶の姿を見て、にっこりと笑っている小野寺先生を、沙耶は知らなかった。

目が覚めると夕方だった。

食事が済むと、空いているスタッフ用の部屋に案内され、ベッドにもぐりこむと次の瞬間のことは覚えていなかった。久しぶりに泥のように眠った。楢崎の家にいたころとは、身体の休まり方が違う。

ぼんやりと部屋の天井を見ていて、懐かしいな、と思っていると、ドアがノックされ、小野寺先生が入ってきた。

「よく眠れた？」

「はい。とっても」

「それは良かった。……今の時間なら、パパさまとお話が出来るけど。……どうする？　もう少し後にする？」

「これから、伺います」

「わかった。……じゃあ、そうお伝えしておくね。今は、院長室にいらっしゃるから、身支度をして、行ってね」

「はい」

顔を洗い、髪を梳いてから、院長室に向かった。

「沙耶です」

部屋をノックすると、パパさまの声がしたので、名乗って沙耶は入っていく。

「ああ、沙耶。さっき、楢崎の家から電話があったよ。『沙耶は行っていないか』との問い合わせでね。だから、それには答えず、『何かあったのですか？』って聞いたら、『家出をしよったた』とお怒りの様子だったたよ。見つけ次第、連れ戻しに来るそうだ。『沙耶が来たら、連絡しろ』と命令されたけどね。こちらからは電話などするつもりはないよ。……いずれ、先方から来そうだがね」

「そうですか……」

メガネをかけて、机の上の書類を片付けながら、パパさまは面白そうに話す。

「まぁ、我慢強い沙耶がここに戻って来たんだから、よっぽどのことがあったんだろうと思ったよ。……よかったら、話してごらん？　今後の事もあるからね。聞いておかないと、対策が取れないから」

「はい……」

話せないわけではないが、どこからどんな風に話したらいいかわからず、沙耶はしばらく考え込んでしまった。

「……結婚して、六年近くになるかい？　色々あったんだろうから、簡単には話せないか」

ソファーのところまで寄ってきて、パパさまは優しく話を促す。今は、何から何まで嫌だった気持ちしか浮かばないが、こういう時こそ直近の話にまとめなければと、沙耶は言葉を選び、話し始めた。

「子どもが出来なくて、ひどく責められてました。……子どもが出来ないのは、私のせいではなくて、その、……夫婦の営みがないからなんですけど。……でもそれが、女として魅力がないからとか、嫁として役立たずだと、そんな風に言われて」

「そりゃまた、ずいぶんなセクハラ発言だね。ずっと、それに耐えてきたのかい？」

「昨日の晩は、舅と二人きりだったんですけど、子づくりのやり方を教えてやる、とか言われて、襲われそうになったんです。……それには、もう、耐えられなくなって」

「そんなところ、逃げて正解だったよ」

パパさまは沙耶の言葉に驚いたようだったが、沈痛な面持ちで、そう呟いた。

「でも、舅は、お酒を相当飲んでいたので、おそらく、覚えていないとかと、白を切ると思うんです。誰も、私の言うことの方を、信じないと思うんです」

「そうか……」

沙耶は大きなため息をつく。

「戻ったら最後、手籠めにされそうで。……そんなの絶対に嫌です」

「人として赦されることじゃないよ。そんなことはさせない」

パパさまは語気を強めた。

「それで、……沙耶は、楢崎の家とは、離縁したいのかい？」

離縁とか離婚ということを、頭に浮かべ考えてはいなかったから、パパさまに言われても、すぐには返事が出来なかった。

「……楢崎には、二度と戻りたくない」

しばらくたってからそう言うのがやっとだった。

「お舅さんとかお姑さんとかと、別居は出来るの？」

「まず、無理です」

「お婿さんには、愛情が残っているの？」

「えっ？」

一瞬ハッとしてパパさまを見たが、沙耶はやがて左右に首を振った。

「紘一さんは、初めから私自身じゃなく、看護師として病院の手伝いもできて、家事もやって、逃げ帰らない女が欲しかっただけだったんです。……望まれたので、私も幸せになれると思ったし、望まれたお嫁さんになろうと、必死に努力したんですけど」

そこまで言うと、しばらく沙耶は唇をかんだ。

「はじめから、お互い、愛情などなかったと、今は思うんです。……少なくとも、イエス様が教えて下さった、愛ある関係ではなかったです」

「そうか……」

「……離婚します。……と、私が言い出したところで、楢崎が応じるとはとても思えないんですけど。でも……、このままでは、私は、人として生きているって、言えないと思います」

「わかった。全力で沙耶を守るよ」

そう言って、パパさまは沙耶の手を力強く握りしめた。

＊＊＊＊

その日は、朝から霧のような雨が降っていた。どんよりとして、気温も下がり、急に秋の気配が深まってきた。

黒塗りの車が乱暴に横付けされ、紘一と義父の昌治郎が降りてきた。受付にいた先生によって院長室に案内された二人は、ソファーに座り、貧乏ゆすりをし、イライラした様子を隠しもせず待っていた。

散々待たせてから、パパさまと沙耶は院長室に入ってきた。紘一は、沙耶の顔を見るなり立ち上がり、沙耶の腕を掴みかかる。パパさまは身を挺して、紘一を沙耶に近づけないようにした。そして、ゆっくりと二人の前に座った。

「沙耶を返してもらいたい。そいつは榣崎の嫁だ。こちらに渡せ」

昌治郎はドスの利いた声で怒鳴った。

「聞き捨てなりませんな。沙耶は、一人の女性です。返せとか渡せという、モノとは違いますよ」

パパさまも負けじと、良く通る声で応戦する。昌治郎は、鼻を鳴らして顔を歪めた。

「何も言わずに出て行きよって。沙耶はウチの嫁なのだから、連れ戻すのは当然だろう」

「沙耶はもう、楢崎には戻りたくないと言っています。……それに対して、力づくで連れ戻すとは、人権侵害ですよ」

「なんだと！」

昌治郎は、ソファーの前のテーブルを力任せに叩いた。

「そいつは、何年ウチの嫁をしていると思ってんだ。立派な楢崎の人間じゃないか。そいつを連れ戻して、何が悪い」

「……話になりませんね」

パパさまは呟くようにそう言って、立ち上がると、自分のデスクの受話器を取った。

「弁護士を呼びましょう。法に照らし合わせて、言い分を聞いてもらいましょう」

「そんな必要はない！」

「こちらとしては、法的手段も辞さない考えです」

教会の信徒で弁護士をしている方がいらしたから、最終的にはそこに相談させてもらおうという事にはなっていた。が、電話をすればすぐに駆けつけてくれるとは限らず、電話をかけるふりは、パパさまのハッタリ的な行動だった。

「そもそも、そいつは養護施設の出身だというのに、破格の待遇で楢崎の嫁にしてやったんだ。それを袖にするとは、けしからん話なんだ」

「……嫁にしてやったですと？　ずいぶん時代錯誤な話ですね」

受話器を置きながら、パパさまは少し笑いながら言った。

霧雨は、激しい雨に変わってきていた。大粒の雨が院長室の窓をたたきつける。

「なんだと？　こちらは、そいつの出自も調べてあるんだぞ」

その言葉に、沙耶の顔色がサッと変わった。

「そいつの父親は、てめーの女房を殺した殺人犯じゃないか。自分も殺されかかったそうだな。そんな重大な過去を隠して、平穏無事な生活が出来ると思うな」

もう出ないと思っていた胸の痛みに襲われ、沙耶は胸を押さえて前かがみになる。息がつけなく過呼吸になり、気が遠くなる。それでも、ここで気を失ったりすれば、楢崎の思うつぼだと思い、歯を食いしばり昌治郎を睨み返す。

「殺人犯の娘ともなれば、社会的信用は失墜するだろうよ。例えばだ。おまえが他の病院に勤めようと思っても、勤まるはずがない。社会はそんなに甘くないぞ」

「人を侮辱するのも、いい加減にして頂きたい！　そのようなことを言うのは、脅迫ですよ」

パパさまのそんな言葉に、むしろ不敵に笑って、昌治郎は続けた。

「ふん。耶蘇が。……今は人のいい牧師面をしているが、おまえも昔、外国の修道院から逃げ出したそうだな。どうせよからぬことでもしでかしたんだろうよ。そっちの調べもついているんだぞ」

　雨はさらに、激しく降り続いている。

「そんなことが、教会の者どもに知れたら、そっちの信用もがた落ちだよな」

　昌治郎が言い終わらないうちに、窓の外では稲光が光り、直後にドドーンという落雷の音が鳴り、建物を揺らした。さすがの昌治郎も恐れおののき、頭を抱えて身構える。

　その時、呟くような声が聞こえてきた。

「……父よ、彼らをお赦しください。自分が何をしているのか知らないのです」

　十字架につけられ、民衆に殺されそうになった時、イエス様が放った最後の祈りの言葉を、パパさまは唱えていたのだ。

　最初は、隣にいる沙耶にも聞こえなかった。何度もつぶやくように言いながら、それは次第に大きくなり、パパさまは立ち上がり、天を仰ぎながら言った。

「父よ、彼らをお赦しください。自分が何をしているのか知らないのです」

　その時また、稲光が光った。更に激しい落雷の音がする。

「父よ、彼らをお赦しください。自分が何をしているのか知らないのです」

　パパさまの祈りの言葉は、落雷よりも響いていた。

　昌治郎も紘一も、落雷と共にあるパパさまの迫力に、耐えきれなくなった。腰が引けている。

　そしてパパさまは、昌治郎を見据えて言い放った。

「愚かなことを。……したいように、すればいい。そうしたところで、社会的信用を失うのはどちらなのか、身をもって知ればいい」

「……なんだと」

昌治郎は口の中でそう言いながら、身を縮めていた。

「あなたがたのしていることは、立派な人権侵害、犯罪ですよ」

「……」

「沙耶は、楢崎には決して戻らない」

直後、落雷が鳴る。

すでに昌治郎も紘一も完全に怖気づいて、お互い顔を見合わせ、合図を送るように首を振ると、よたよたと院長室を出て行った。

そして大雨の中、車に乗り込み、慌てたように発進すると去っていった。

沙耶は院長室の窓から、雨を見るでも、去っていく車を見るでもなく、長い間外を眺めていた。

「……神様のなさることは、実にチャーミングじゃないか」

「えっ？」

「稲光に、力つけられたよ」

パパさまの顔は、穏やかに笑っている。沙耶もつられて顔を崩すと、パパさまは静かに言う。

「あの二人はもう、二度と来ることはないよ」

パパさまの言う通り、しばらくして離婚届と沙耶の荷物が届けられた。

「慰謝料を、取るべきだったかな」

後になり、結婚生活での事をポロリポロリと話す中で、無給で看護師をしていたことや、買いたいものすら買わせてもらえなかった話を聞き、パパさまは沙耶よりも悔しさをにじませた。

「いいえ。……慰謝料として取り戻そうなんて考えたら、それこそ泥沼化して、離婚もできなかったように思います。……私は、今度もまた、パパさまと、神様、イエス様に守られました。本当に、ありがとうございました」

そう言って沙耶は、深々とパパさまに頭を下げた。

＊＊＊＊

『父よ、彼らをお赦しください。自分が何をしているのか知らないのです』ルカによる福音書第二十三章三十四節（新共同訳）の言葉だ。

ゴルゴタの丘「されこうべ」と呼ばれているところで、イエスは二人の犯罪人と共に十字架につけられた。そのくだりは、マタイ、マルコ、ヨハネの福音書にも書かれているが、イエスの最後の祈りは、ルカの福音書だけに記載がある。

いばらの冠を被らされ、「ユダヤ人の王」と書かれた札も掲げてあった。民衆は「他人を救ったのだ。もし神からのメシヤで、選ばれた者なら、自分を救うがよい」と、あざ笑う。

民衆は本気で、ご自分を救うイエス様を見たかったのかもしれない。「その姿を見たら信じる」と、豪語している人もいたのかもしれない。そして、イエス自身、ご自身を救う道を知っていたのかもしれない。

が、それ以前に神のご計画を知っていて、神のみ業の通りになることだけを望み、ご自身を救うことは、悪魔のささやきだと退けた。奇跡を見せつけるだけが救いではないと、イエスは言葉を尽くして言いたかったのだ。二千年先にも及ぶ真の救いがわかっていてこうしているのだと、力強く語りたかったに違いない。

イエスを十字架につけることを先導している人々に対し、

「父よ、彼らをお赦しください。自分が何をしているのか知らないのです」

と、祈り続けていた。

パパさまも、沙耶と共に味わった屈辱の中で、イエスと同じような気持ちで「お赦しください」と言ったのだろう。

沙耶はその時初めて、「イエスの最後の祈り」の真の意味を知ったように思った。

期せずしてぶどうの苑に戻ってきて、自分の心や身体が瀕死の状態まで疲弊していたことを、沙耶は初めて気が付いた。そしてゆっくりとぶどうの苑で癒されていくことを実感していた。

初めは、苑で感謝の祈りの後で頂く食事が、実はのどを通らなかった。婚家の楢崎で食べていた食事が、時間やタイミングばかりを気にして、味もわからず、かき込む様にして食べていたので、苑の食事がありがたすぎて、重く感じられたのだ。

食事のたびにそれは、少しずつ変わっていった。味を感じられるようになり、美味しく食べられるようになった。それが、自分の身体の中で栄養となり、次なるパワーになっていくことが感じられる。「日々の糧」とは、本来こういうものなのだろう、と考えさせられる。楢崎にいた頃の食事とは、同じ食べ物でも、まるで違ったものだ。

食事は、お腹を満たすだけのものではないのだ。神様からの恵みを頂く。導かれ、大きく成長していくための糧なのだ。はっきりとそう思えた時、キリスト者として生きていく上で最も基本的なことが抜け落ちていたことを知った。そして、これからはそれを肝に銘じて生きていこうと決めた。

楢崎の家を飛び出してから、離婚が成立し、ぶどうの苑を出るまで、ちょうど七週間、五十日だったが、イースターからペンテコステの間と同じ日数だったことに、めぐりあわせを感じていた。

沙耶は再び苑を離れることになったが、

《もう二度と、神様のみもとから離れることはありません》
と誓い、清々しい門出として、ぶどうの苑を後にした。

第十一章　親　友

「ねぇ、沙耶。聞いて。……もう、どうしたらいいかわからないの。……話、聞いてよ」

沙耶が友梨香の自宅を訪ねると、靴を脱ぐのももじれったそうに、友梨香は沙耶を急かしながら、話し出した。どうしてもゆっくり話したいことがあるから、非番の時に遊びに来て欲しいと頼まれて、沙耶は友梨香の家に行ったのだ。

結婚していた頃は、お互い連絡も取らなかった沙耶と友梨香だが、沙耶が離婚してぶどうの苑の近くに住まうようになると、十数年のブランクが嘘のように、苑にいた頃のような親しい関係に戻っていた。

沙耶は苑の近くのアパートに住み、介護ステーションの訪問看護師として仕事をしていた。

当初は、萎えた心を立て直すのに必死だった。元より、親しい人間関係を作るのが苦手だったが、離婚を経験して沙耶は、さらに人間不信になってしまった。だから、大きな病院の看護師のように、同僚や医師とタッグを組んでの仕事ではなく、利用者やその家族との対面だけで仕事が出来る、訪問看護師は都合が良かった。介護保険制度が出来て、瞬く間にその利用者は増え、事業所も拡大していった。そんな時代の中で、看護師の需要が途切れることがなかったのも幸いした。

修二と友梨香には二人の子どもがいた。上の男の子は、陸と言って中学三年生になっていた。下の女の子は海未、小学五年生だ。

「陸のね、高校進学を真剣に考えなきゃいけない時期なのに、本人がちっとも考えないのよ。将来、何をしたいかとか、どうなりたいかとかで、進路って変わるじゃない？　それなのに、何も考えてないの」

キッチン脇のダイニングテーブルを囲んで、友梨香は手作りのスイーツを用意していた。高級な茶葉で紅茶を入れてくれる。修二の仕事の関係で、飲み物にはうるさくなってしまったと、友梨香は言い訳をする。

「ふーん」

紅茶を口にして、沙耶はあまり気のない返事をした。

「ねぇ、どうしたらいいと思う？」

友梨香の真剣に悩んでいる顔を見て、沙耶はクスリと笑った。

「友梨香ったら、それを私に聞くの？　私は離婚をして戻ってきた人だよ。……子どもも産んでないし、育ててもいない。そういう人に、息子の進路の事を相談するんだ」

「えっ？」

友梨香の顔が曇り、唇をかむ。それに反応するように、沙耶は苦笑いをして小さく舌を出した。

「もう、沙耶ったら、意地悪なことを言って。悩んでいる私を笑っているね」

「だって、幸せな悩みじゃない。なんだか『ご馳走様』って思っちゃったからさ」

「もう」

そう言って友梨香は、沙耶のほっぺたを軽くつねった。

「ひどいなぁ」

と、沙耶は笑いながら、友梨香の手を払いのける。

こんな風に再び二人でじゃれ合うような会話が出来るようになったのは、いつの頃からだろう。一人で暮らし始め五年ほどたって、ようやく心身共に立ち直ってきたと、沙耶は実感する。それには、そばに友梨香とその家族がいてくれたからだと感謝する。子どもたちの陸や海未は沙耶の事を、第二の母とも叔母とも思って慕ってくれた。それが沙耶にとって、何よりも心強い支えとなった。

「友梨香を見ているとね、こんな話を思い出したよ。ドラマで見た話なんだけどね」

「えっ？　どんな？」

沙耶は顎に手をやり、考える風を作って話し出した。

「料理好きのお母さんは、『家庭料理命』で三人の子どもを育てていたのね。家族みんな『お母さんが作る料理はとてもおいしい』と言って食べるのだけど、一番上の女の子は、小学校に上がったばかりなんだけど、『おいしい？』と聞かれても、『わからない』って言うし、残したり、食べなかったりするから、お母さんはやきもきしていたのね。

ある日、女の子が初めて、お母さん以外の人が作った食べ物を口にするの。すると、何だか食べっぷりが良くて、お母さんはさらにモヤモヤするわけなの。

でもね。その晩、あることが判明するの。その女の子は、お母さんのおいしい料理しか食べたことがなかったから、これが『おいしい』ってわからなかったの。

比較の対象がなかったのよ。

……私ね、友梨香のとこの陸君も、同じように思えるんだ。いつもおいしいものしか食べさせてもらってないから、そのありがたみがわからなくなっているんじゃない？」

「そうなのかな。……私、お料理、そんなに上手じゃないよ。それに、ガミガミ怒ったり、結構、叱ってばかりだよ」

「そういうところが、愛情たっぷりっていうかさ」

「うーん」

友梨香にはピンとこなかったようだ。

「おかしいな。友梨香のとこは、恵まれ過ぎていて、他とは比べ物にならないってことをわかってもらいたかったのに」

「あまり、よくわからなかった」

沙耶は別な言い方を考える。

「じゃあ、こっちのたとえ話の方が、わかってもらえるかしら？　聖書のたとえ話。……有名な放蕩息子の話」

「えっ？」

「弟の方ではなくて、お兄さんの方の」

ルカによる福音書第十五章の「放蕩息子のたとえ」には続きがある。第十五章二十五節からのくだり。

父が放蕩息子の弟を、肥えた子牛を屠り、祝宴で迎えたことを、兄は怒った。そして、父親に言う。「私は何年も父に仕えてきた。言いつけに背いたこともない。それなのに、一度も宴会を開いてもらったこともないのに、放蕩を尽くした弟が帰ってきたら、肥えた子牛を屠るんですね」と。父は言う。「子よ。お前はいつも私と一緒にいる。私のものは全部おまえのものだ。だが弟は、死んだのに生き返ったのだ……」

兄の気持ちはわからないわけではない。父の下で一生懸命働き、素直に従順に言いつけを守ってきたのに、宴会も開いてもらったこともなくて、割が合わない。放蕩を尽くした弟の方が優遇されているようで、気に食わない。そんな兄に父は言う。「私のものは全部おまえのものだ。いつも一緒にいて、必要以上の恵みを受けているのだよ」と。

沙耶は言う。

「私はね、結婚していた楢崎の家を出るときに、自分が放蕩息子の弟のようだと思ったのね。……苑で培ったお恵みや神様からの財産を持って旅に出て。気が付いたら、すべてを失くしてた。そんな私でも、パパさまは快く迎え入れて下さったから、救われたのだけど。

そんな私から見れば、修二や友梨香は、正しく、素直に従順に言いつけを守ってきた、お兄さんのようだと思うのね。……まぁそれは、こちらの勝手な見方で、異論があるかもしれないけど。

お恵みも、神様から頂いた財産も、いつでも充分に備えられているって、ね」

「お恵みは、日々感謝しているつもりだけど。……あっ、それに、沙耶が帰って来たときに、沙耶はずるい、なんては思ってなかったよ」

友梨香は少し膨れたように言う。

「それは、知ってる」

沙耶はそう返して、話を続けた。

「人が生きるって、何もかも選択をしながら生きていくじゃない。例えば、食事を摂るのも、ご飯とパンの選択肢があって、ご飯と決めて、ご飯を炊く、とか。……でもその時、パンという選択肢を捨てているんだよね。後から、パンをおいしそうに食べている人を見て、ずるい、と思ったかもしれない。でもそれって……」

「そっか！　ないものねだりなんだね」

友梨香の応えに、沙耶は頷いた。

「お兄さんも弟も、別にどちらが良い、悪いの問題ではないのよ。人は一人だから、どちらかの生き方しか、選べない時があるよね。……ただ、後から、選ばなかった方が羨ましい、と思うことがあるって話」

「うーん。それは、わかるかもしれない」

友梨香は腕組みをして大きく頷く。沙耶はさらに話を続ける。

「でも、どちらかに決めなければ、というのは思い込みで。ご飯とパンなら、両方食べたって良かったかもしれないし、二人でどちらかではなく、二人で分け合って、シェアして食べても良かったのかもしれないしね」

「えっ？　そういうのも有りか」

友梨香は驚いた。

選択肢は、二者択一だと決められたわけではなかったら、色々な考え方が出来る。両方を選ぶやり方が思いつくかもしれない。

「そうだよ。神様のお恵みって無限大で、実は様々な選択肢があるのよ。……た、だ、し。私たちがどんなに欲張ったって、その一つを選ばせてもらうしかないの。

陸君がなかなか自分の進路を選べないって言うのも、私には恵まれているからだと思うのね」

「恵まれている、か。……それは、思う。私たちってさ、中学の頃から、資格を取らなきゃってそれしか考えていなかったもんね」

「私たちの環境では、そうだったね。……働かざる者食うべからずの時代だったしね。でも、陸君は、資格っていう枠の中の選択肢じゃなくていいんでしょ?」

「そうだよ。確かに、何を、どう選んだらいいのかわからなくて悩んでいるみたい。色んな情報がネットとかでいっぱい得られるから、余計そう思うんだろうな」

「うん」

「でもさ。……いずれは、理系か文系かの選択を迫られるからさぁ」

「お医者さんか、弁護士さんか? ……どちらかに決めなきゃいけないって思っているのは、思い込みかもしれないよ? 陸君には、両方になれる力が備わっているかもしれないしね」

「えっ?」

「いずれにしても、悩むのは、陸君本人だよ。友梨香お母さんが、とやかく言う事じゃないよ」

「そうなんだけどさぁ」

「親の浅知恵で選択を迫って、才能をつぶしちゃうかもしれないよ」

「……」

友梨香が考え始めたところで、沙耶は手作りのスイーツをゆっくり食べ始めた。甘さ控えめで美味しくできている。

沙耶の手元をぼんやり見つめていた友梨香は、ため息をついて、呟くように言った。

「やっぱり、聖書の言葉はすごいね。……日常に忙殺されると、そのありがたみを、ふと、忘れちゃうんだけどね」

沙耶はスイーツをしっかりと食べ終わってから、フォークを置き、ご馳走さまと言って手を合わせた。そして、友梨香をまじまじと見つめて言った。

「私も、そう思うよ」

「沙耶は、えらいな。毎週の礼拝、ちゃんと守れているわけでしょ。……ウチは、子どもの部活やらなにやらで、どうしてもおろそかになってるな」

友梨香の頭の中で大きくなっていた陸の問題は、ひとまず収まったのだろう。話が少しずつシフトしていく。

「友梨香んとこは、今は仕方がないよ。友梨香だって、保育園で仕事をしながら、子どもの面倒を見たり家庭を守っているんだから。……自分自身の時間を取ることも、ままならないんでしょ？」

「だからこそ、教会に行って、自分自身を見つめる時間を取らなきゃいけないところなんだけどね」

「まぁね……」

「ちゃんと教会に行ってる沙耶に、こうしてパワーを注入してもらって、今は、赦してもらおう」

離婚してからは、沙耶自身心掛けて、生活の中心に教会を据えた。礼拝を守り、教会の奉仕活動にも積極的に参加している。

「そこは、私は一人で生活しているから、自由が利くし。むしろ、教会中心の生活がしたいから、家族を持つのはもういいかなって思っているから」

少し自嘲するように笑ってしまうが、結婚していないことが「不幸だ」などと言われる時代ではなくなって、良かったなぁ、と沙耶は思う。

「結婚してた時は、教会に行くなんて考えられなかったし。それ以前だって、病院の仕事だと日曜日のお休みが少なくて、ほとんど行かれなかったから。……ずいぶん長いこと、教会から離れていたっていう自覚の方が強いよ」

「そうか」

「遅まきながら、今、一生懸命信心して、今までの事を赦してもらおうという、思いだよ」

「神様は、とっくに沙耶の事、お赦しになってたと思うけどね」

「そうだね。……だからこそ、それに応えたい」

沙耶は思うのだ。

《心置きなく友梨香と話せて、本当に幸せだ》と。

社会に出て、看護師として病院で働いていた時も、結婚していた時も、表面的な話しか出来ない日々が続いた。それが、子どもと大人の違いだと思っていた。大人は、本音を話すことなど出来ないものなのだと。

ひどく苦しかったし、ストレスが溜まっていく。そんな日々が積み重なっていくと、次第に、自分の気持ちや本音が、自分自身もわからなくなっていく。考えなくなるし、見ようとせず、聞こうとせず、感じなくなっていく。そうでもしないと、目の前の現実に押し潰されそうになるからだ。

考えもせず、感じることもない毎日を過ごしていると、美しいものを見ても、その美しさがわからなくなる。流れるような、心地良い音楽を聴いても、心が動かない。美味しいものを食べても、その味に気づかない。人と話しても楽しくないし、あたたかい気持ちにはならない。生きていることが、無機質で、義務的で、人が人として生きていると、とても言えない状態になる。

「自然体で生きる」

ぶどうの苑に戻ってきて、友梨香とも以前のような付き合い方が出来るようになって、沙耶は自分自身が取り戻せたと思った。

それは友梨香が何のてらいもなく、わだかまりもなく、心置きなく話してくれるからだ。本音でぶつかってきてくれるし、沙耶の気持ちや思いも、そっくりそのまま受け止めてくれる。友梨香とは小学校からの、同じ釜の飯を食べた仲間であるからかもしれない。ずっと以前から、自然なまま、素のままの関わり合い方をしてきたから、真の友情が育まれた。だから、十数年ブランクがあったとしても、友情が取り戻せたのだ。

「私ね。……思い出したよ。

『天が下のすべての事には季節があり、すべてのわざには時がある』。今の、新共同訳聖書だと、『何事にも時があり／天の下の出来事にはすべて定められた時がある』（コヘレトの言葉第三章一節）」

「その時は、用意されている、だね」

「……自分が中学の時に気づかされた言葉だったのにね。……息子にとっても、大切な言葉だって、どうして思い出せなかったんだろう」

友梨香は、少ししょげたように言う。

「だから、神様は『この時』を、用意して下さったんじゃない？　……思い出せて、良かったね」

沙耶の言葉に、友梨香は素直に頷く。

「私が、どうなって欲しいじゃなくて、陸が陸の思う通りに生きていけるように、じっと待っててあげることが、大切なんだよね」

沙耶は大きく首を振る。

「沙耶がいてくれて、ホントに助かったよ。ありがとう」

友梨香は右手を突き出す。その手を握り返して、握手を交わすって、素敵なことだな、と、沙耶は思い出していた。

＊＊＊＊＊

平穏な日々が過ぎていった。

沙耶は、自分が歳をとってしまったと感じることが多くなったが、パパさまもまた、ずいぶんとお歳を召してしまった。

教会の仕事を精力的にこなしてきたパパさまだったが、若い牧師が赴任してきて、実務的なことは委ねている。ぶどうの苑の経営も、長く教師をしてきた先生に託し、パパさまは、後継者育成に力を注いでいた。

その年のイースター（復活祭）は四月の中旬だった。

パパさまは礼拝で講壇に立つことはなかったが、いつも会堂の後方の席で、静かに主日を過ごされていた。だから、イースターの礼拝に姿が見えなくて、教会員の何人かがざわめく場面があったが、訳知りの人が「パパさまは、少し体調を崩されているだけ」との説明で、収まっていた。沙耶もまさか、入院されているとは知らなかった。

イースターの晩、メールが来て、その後の電話で、友梨香から知らされたパパさまの容態に、沙耶はめまいを感じるほどびっくりした。

「……パパさまの容態、相当悪いみたいなんだ。沙耶も、早めにお見舞いに行ってね」

そういう友梨香の言葉を、どう理解すればいいか、すぐにはわからなかった。

「どうして……」

意味もなく口をつく言葉に、友梨香は言い訳をする。

「パパさまの事、イースターがすむまで、絶対に誰にも話しちゃいけないって。復活祭は、心からお祝いしなきゃいけないからって口止めされて、教会では話せなかったの。入院をしたって知ってたの、牧師先生と、教会のごく一部の人だけだったの。……パパさま自身が、自分の具合が悪いこと、知らせたくないって言われてね」

「そう」

「祝会の後、牧師先生と訳知りの数人でお見舞いに行ったみたいなのね。……それで、私たち、修二と二人で、少し間をおいてから、さっきお見舞いしてきたの。

パパさま、意識はあったのだけどね。私たちが行った時は、お疲れが出たのか、かなり混濁していて、眠りかけていたのね。……だって、本当だったら、倒れた時点で、そのまま召されても不思議ではない状態だったんだって。……生命力の強いパパさまだったから、奇跡的に意識を回復されたらしいけど……」

長いこと看護師という仕事をしていて、人の最期を何度も経験してきたはずなのに、沙耶にとってパパさまはあまりにも身近で、いなくてはならない存在だったから、天に召されてしまうかもしれないという現実を、頭に思い描くことが出来なかった。

「私たちが行った時はね、ちょうど主治医の先生がいらした時でね。その先生に伺ったんだけど。……パパさまったら、何度も先生に余命のことを聞くんですって。先生は『それは、神のみぞ知る』ですよ、って言ったらしたけど。パパさまったら『神様にもお聞かせしたくない、現実の都合があるんですよ』とか何とか言うんですって。……いつ、天国からお迎えが来るか、まったく予断を許さない状況なのを、パパさま自身がよくわかっていらっしゃるようだって、先生が。……私、もう、泣きそうだったよ」

電話口の友梨香の声は、くぐもった涙声になっている。

「私、パパさまにはまだ教えて頂きたいことがたくさんあるよ。神様の下に召されちゃうなんて、早すぎると思う」

沙耶は、絞るような声でそう言う。

「私だって、そうだよ」

「お祈りしよう。……みんなに、お祈りしてもらおう。パパさまの回復を、心からお祈りすれば、神様だって聞き入れて下さるよ」

「うん」

「とにかく、明日、パパさまに会ってくるから」

そう言って電話を切ったが、沙耶はしばらく何を考えるでもなく携帯を眺めていた。

第十二章　凱　旋

　パパさまが倒れて入院したと、友梨香から聞かされた翌月曜日、面会時間を待つようにして沙耶はパパさまの病室を訪ねた。

「パパさま……」

　涙がこぼれないように気をつけながら近づくと、パパさまはうつらうつらした様子から目を開け、沙耶の訪問に気が付いた。

「……沙耶。よく来てくれたね。ありがとう」

「昨日の、夜になってから、友梨香にパパさまのことを聞いて。……本当に、びっくりして。とにかく、お顔を拝見したくて、慌てて来てしまいました」

「驚かせて、すまなかったね」

「いえ……」

　思ったよりお元気で、と力づける言葉を用意していた。が、パパさまは、沙耶が思っていたより憔悴していて、けっしてお元気そうではなかった。

「……実は、このところずっと、沙耶の事を避けていたんだよ。身体の調子があまりよくないものだからね。……沙耶のように、医療のプロに見透かされると、神様に対しての放蕩がバレてしまいそうだからね」

「そんな。……私ったら、ちっとも気が付かなくて。……お身体、つらかったんですか？」

「歳だからね。……まぁ、色々と。でも、……大丈夫、大丈夫と、自分に言い聞かせて、無理をしていたんだ」

「パパさまったら」

横たわっているパパさまに近づいて、パパさまがいつもしてくれるように、沙耶は手を取って握りしめた。パパさまは握り返してくれているようでも、力が入らないようだ。

《お労しい》

そう思っても、口には出来なかった。

「ここに寝かされてから、ずっと、ぶどうの苑を創成してきた頃とか、その前の古い時代の事ばかり思い出されてね。

神学校を卒業したての頃は開拓伝道の活動が盛んで、学校で学んだ仲間たちと競うように、未開の地へ足を運んで、キリストの教えを伝えていたんだよ」

沙耶は、とぎれとぎれに話すパパさまの言葉を、小さく頷きながら、すくうように聞き取っていく。

「誰が名だたるパイオニアになるか。……イエス様の御言葉を伝えるよりも、自らの功名心を満足させることばかり、考えていたかもしれないね」

「……」

「でもね。少しでも邪心があると、うまくいかなくなるんだよ。……人が離れていったり、予定していたことがダメになったり。……そのたびに、神様が何をお望みで、何をご計画なさっているのか、真剣に、真摯に祈って。そして、祈って。……御心の声に、心を向けて、耳を傾けて……」

すっと、パパさまは意識が遠くなるのか、うつらうつらとし始める。「けっして予断を許さない」そんなパパさまの病状が、手に取るようにわかる。

沙耶は、パパさまの手を取りながら祈っていた。

《御心ではないかもしれないけど、どうぞ、パパさまの容態が良くなり、健やかになりますように。……そんな風にお祈りすることを、どうぞお赦し下さいますように》

強く思い、祈っていると、沙耶の目には涙が溜まってしまう。それをぬぐおうとすると、パパさまは意識を戻していた。

「……泣かないでおくれ。万歳はしなくていいけど、笑って送って欲しいんだよ。ようやく、天国に帰ることができるんだからね」

「でも、私たち、パパさまがいなくなったら、困ってしまう」

「……大丈夫だって。神様も、イエス様も、聖霊様も守って下さるから」

パパさまは、握っている沙耶の手の甲を、優しくたたく。

「さぁ、元気を出して」

「パパさまったら。どちらがお見舞いに来ているのか、わからないじゃないですか」

「神様の前では、僕も沙耶も同じぶどうの枝なのさ。大して違いはない。少しでも若い枝は、元気に枝葉を伸ばさないと」

「はい」

「沙耶。……お祈りをしてくれるかな。ちゃんと、神様の下に行けるよう、取り次いでおくれ」

《死んじゃヤダ》

子どものように駄々をこねて、泣き叫びたい気持ちになった。でも、今のパパさまにそれをしたら、きっと悲しむに違いない。かといって「神様のお召しのままに」などと、願うことなどできない。すでに、薬も投与されているのだろう。痛みも苦しみも見せないパパさまのために、何を思い、どう祈っていいのか、沙耶にはわからなかった。

「天にいらっしゃるお父様。……お恵みがありますように。……お導きがありますように。……聖霊に包まれて、豊かな気持ちになれますように。……こんな、抽象的な言葉を並べている私を、お赦しください。……心の奥底にある言葉を、どうぞ受けてとめて下さいますように。

……アーメン」

なぜ、こんな時に日曜学校のキャンプの夜を思い出すのだろう。

それまでの日曜学校の礼拝では、先生や高校生のスタッフがお祈りをしてくれた。キャンプのテントで就寝する前、初めて小学生の子どもたち一人一人がお祈りすることになったのだ。沙耶はひどく緊張したことを覚えている。学校の発表も、極力してこなかった。心のうちを言葉に出すなど、私には出来ないと思っていたのだ。

その時自分がなんとお祈りしたのか、今になってはまったく覚えていない。他の子たちも、「今日は疲れました」だの「もう眠いです」だの、お祈りとは程遠いことを言っていたので、自分もそのようだっただろう。

子どもたちのお祈りが一巡して、パパさまの番になった。

「神様。みんなの祈りを聞いて下さって、本当にありがとうございます。疲れただの、眠いだのと、自分のありのままの事を祈らせてもらいました。受け止めて下さって、本当にありがとうございます。言葉ではそう言いましたが、心のうちでは、あなたへの感謝の気持ちでいっぱいです。どうぞ、それも受け止めて下さい。……アーメン」

そうお祈りしてからパパさまは、一人一人の顔を確認して、言った。

「みんな、すごくいいお祈りだったよ。素直に、正直にお祈りが出来た。……もっとも、神様はお祈りを捧げる前から、みんなの心のうちもご存じだからね。言葉にならなくても、ちゃんと伝わってる。安心してお祈りをするといいよ」

初めて祈った時、パパさまに、どんなお祈りをしても神様はわかって下さると言われて、気持ちが楽になった。祈りを通じて神様とお話しするのは、とても楽しいことなのだと思ったのだ。

……その時から、パパさまは変わりなく自分たちを、あたたかく見守って下さる。こうして、ご自分の命が尽きようとしている、そんな時まで。

「また、来ますね」

病室を出る時、沙耶はパパさまに言った。パパさまは、「またね、ないかもしれないなぁ」と小さな声で言っていたのを知っている。でも、聞こえなかったように、もう一度言った。

「その時まで、元気でいて下さいね。必ずですよ」

それは、パパさまへというより、自分に言い聞かせている言葉だと、沙耶は感じていた。

＊＊＊＊＊

友梨香と修二は、パパさまを慕う人たちに、祈りを合わせてもらうよう連絡した。そんな中で、東京の佐伯恂也に連絡すると、翌日にはお見舞いに来ていた。

「恂也さんのとこ、先月、初孫が生まれたんだって。パパさまに会わせたいからって、子ども夫婦と孫も一緒だったよ」

「五人で、……修二も行ったんだったら六人で、パパさまの病室に行ったの？　パパさまに触りはなかったのかしら？」

後から話を聞いた沙耶は、さすがに眉をひそめてしまった。

「恂也さんが来た時、パパさまは妙に元気で、起き上がって赤ちゃんを抱いてたよ。とても喜んでた」

「ほら、赤ちゃんにはパワーがあるから、パパさまも、刺激を受けて、元気になったんじゃない？」

お見舞いを案内した修二や、隣にいた友梨香の話に、沙耶は苦笑しながら頷いた。

「パパさまは会いたがってたんだよ。生きているうちに、会える人に会っておきたいって、思っていると思う。今のボクたちの務めは、パパさまが思いを残すことがないよう、会いたい人に会わせてあげることだと思うんだ」

「そうね。……そうだよね」

そう言いながらも、そんなことをしたら、パパさまはいっそ早くに逝ってしまうではないか、お疲れが出たり、具合が悪くなるのではないか、と怯える自分がいた。でも、それは自分本位の思いなのかもしれないと、沙耶は思い直した。

その後もパパさまを慕う人たちが、お見舞いに駆け付けた。パパさまはそのたびに、嬉しそうに、にこやかに対応する。むしろ、このまま快方に向かうかと思われるほどだった。

復活節第二主日、イースター一週間後の日曜日の早朝、パパさま、猪本啓朗牧師は、天に召された。

その時のお顔は、安らかな、眠るような笑顔をたたえていたという。

前日、消灯時に看護師が見回りに来た時、パパさまはいつものように言ったのだそう。

「今日もありがとう。おやすみなさい。また新しい朝が迎えられますように」と。

「……まったくお変わりがないように、見えたんですよ。とても穏やかに眠りについて……」

若い看護師は少し悔しそうに、パパさまの最期の様子を語っていた。

「新しい朝が迎えられますように、って、いつもそう言っていらしたので、私、ご自分のために言っているのかと思っていたんです。でも、昨日に限っては、そう思えなくて。……私たちや、ご自分以外の世界の方々のために、そうおっしゃっているんだな、って気が付いたんです。そしたら、得心をされたように、逝かれてしまいました」

パパさまらしい最期だった。

沙耶には、肌身離さず持っているものがあった。パパさまからもらったカードと、結婚式の時の白いハンカチだ。ハンカチはパパさまに返さなければ、と思っていた品だった。でも、返すタイミングを逸してしまい、今日に至った。

「これを、使って頂けないでしょうか」

ご遺体を納棺する作業をしている人に、沙耶はハンカチを差し出した。

「私の結婚式の時の、パパさまからのもので。……いずれはお返ししなければと思っていたんです。

……顔に白い布をかけるのは、『魂の去ったもの』また『魂として復活する力を与えたもの』と考えるからだと聞きました。結婚式でも新婦は、ドレスでもベールをしたり、白無垢でも角隠しや綿帽子を被ったり、白を使います。人がお亡くなりになった時と、同じようにと。

それを知って、この白いハンカチは、今お返しするのがふさわしいのではないかと思えるのです」

沙耶がとつとつと話す言葉を、納棺師は神妙な面持ちで聞き取り、そしてハンカチを恭しく預かってくれた。

ご遺体は病院から教会に戻され、祭壇に安置された。前夜式、告別式までの間、有志が教会に泊まり込んで、ご遺体を守る。沙耶も友梨香も修二も、それに志願して、パパさまの最期までお送りしようとした。

その日は、沙耶たち三人が、教会で過ごす番だった。夕方、突然会堂の扉が開いたかと思うと、杖を突いた小柄な老人が入ってきた。まっすぐに祭壇に安置されているパパさまの棺に近づくと、顔を覗くようにして、うなだれて、倒れ込んだ。

「啓朗……、お前が先に逝くだなんて……」

そして、そのまま祈るような姿勢をとり、主の祈りを唱えてから、長い黙祷を捧げていた。

沙耶たちも、後方に控え、共に祈りを捧げた。

その老人は、村林邦泰といい、辺境の地で牧師をしていたと話してくれた。パパさまとは、神学校での同期だったそうだ。

「開拓伝道が盛んな頃でね。お互い、どんな辺境の地に行ったかとか、何人の人に話を聞いてもらったかとか、競い合って伝道をしてたんだがね。彼はそのうち、この地に、養護施設を建てて、腰を落ち着かせて伝道を始めたね」

「パパさまの若い頃の話を、聞きたいと思ってお尋ねするんだけど、パパさまはあまり話したくないようで、ボクたちはその頃の話をぜんぜん知らないんです」

修二は言う。

「思い出話に時間を割くより、更なる伝道に時間をかけた方がいいって言っていたからな。……さもありなんだね」

村林牧師は、遠い目をして言う。

「彼自身も、ご両親を早くに失くした、いわゆる戦災孤児だったんだ。家族に恵まれない子どもたちの面倒をみたい、というのは、伝道よりも強い志だったのかもしれないね」

「えっ？」

三人とも、パパさまのそうした過去は知らず、今さら驚くのだった。村林牧師もそうとわかっていたのだろう。パパさまの昔のことを改めて話し出す。

「戦争で、両親や兄弟を失くして、彼は天涯孤独になってしまったのだが、縁あって、裕福な外交官家庭の養子になったんだ。がそれは同時に、跡継ぎを強要されるようなものだったらしい。幼い啓朗少年には、自分の意志とは違うことを強いられる家庭環境は、とてもつらいものだった。しかし、養子という負い目というか、育ててもらう恩というか。……お家の内情が、自分の意に反するものであればあるほど、そのことは誰にも話せず、相談もできず、それに向き合う事も難しく。自分自身のコンプレックスになっていくんだね。

キリスト教は、血縁とか家柄とか関係なく、個人と神様との関係だけを見つめさせてくれるから、強く惹かれるのだと、若い時、彼は言っていたよ。

そして、ご両親のフランスへの赴任についていった時か、あるいは自分で留学を志願したのか、キリスト教への思いが勝って、フランスの修道院に逃げ込むようにして、キリスト者への道に進んだそうだ。

この辺のくだりを知っているのは、私くらいなものかもしれないね。……彼の最上級のプライベート情報だ。触れられたくないところだったらしい。

養子に入った家が、ようやく跡継ぎの事を諦めて、彼の伝道への思いを認めてくれたところで、日本に戻ってきて、神学校に入り直して、辺境の地にも行き、ようやくこの地に落ち着いたんだね」

沙耶も友梨香も修二も、パパさまの知らなかった一面を、神妙な面持ちで聞いていた。

「我々はお互い、約束をし合っていた。……どちらかが倒れても、誰も看取ってもらえないなら、お互いが看取ろうと。……そして、お互いが葬儀の司式をしようと。……その代わり、生きている間は、伝道に邁進して、お互いの健康とか実情を気遣うことはなしにしよう、と。任地が変わったり、毎年の賀状などのやりとりはしたんだがね。

倒れたとの一報をもらって、駆け付けられなかったのも、そんな約束が頭をよぎったからなんだ。……今思えば、そんな若い頃の約束など反故にして、生きているうちに言葉を交わせばよかったかもしれないね」

そう言って、村林牧師は目を閉じ、辛そうな表情をする。

「まぁ、恨み言は、天国に行った時に彼にぶつけよう。私の葬儀はしてもらえないんだからな。……それも含めて」

再びパパさまの棺に向かい、苦しそうな表情から無理やりに笑い、もう一度深く黙祷をした。

＊＊＊＊＊

五日後、前夜式に続き告別式が営まれた。いずれも、大勢の参列者だった。

前夜式が始まるずいぶん前から集まってくる人々に、修二と友梨香は、パパさまが愛用していた聖書とペンとを持って、声をかけていた。

「パパさまの聖書に、お名前を書いて下さい」

聖書は、パパさまと一緒に納棺する。きっと、参列する人々の思いも、パパさまと共に天に届く。

式の中で読まれた聖書の箇所は、ぶどうの苑の、石のプレートのそれだった。

『わたしはぶどうの木、あなたがたはその枝である。人がわたしにつながっており、わたしもその人につながっていれば、その人は豊かに実を結ぶ。わたしを離れては、あなたがたは何もできないからである。（ヨハネによる福音書第十五章五節、新共同訳）』

講壇には、村林牧師が立っていた。パパさまとは対照的に、小さな身体で、とつとつと話される牧師だが、それゆえに、パパさまはもう、講壇に立つことがないのだと、知らしめていた。

「『わたしはぶどうの木、あなたがたはその枝である』この聖句は、この教会やぶどうの苑、猪本牧師と関わり合いがあった方なら、誰でもよくご存じのことでしょう。そして、彼自身が、愛してやまない聖句だったことも。

我々とイエスとの関係をたとえる御言葉は他にもあって『主は我が飼い主』や『私は良い羊飼いだ』という、『牧者と羊』にたとえられた御言葉は有名です。

『あれは、狩猟民族や遊牧民の人たちには有効だろうけど、我々、農耕民族の日本人にとっては、やっぱり、ぶどうの木だよな』。そんな風に言うのが、若い頃の彼の口癖でした。あと、こんなことも言っていましたっけ。

『牧者と羊にたとえると、……良い羊飼いは羊のために命を捨てる、とおっしゃられても、やはり上下の関係を感じさせてしまう。私はぶどうの木、あなたがたはその枝である、と言われた場合は、真の同胞としてとらえて下さっていることが伝わるじゃないか』と」

村林牧師はパパさまの声色をまねて、パパさまがかつて言っていただろう言葉を話される。そんなお話は、参列した人々の胸にパパさまを蘇えらせる。

「『人がわたしにつながっており、わたしもその人につながっていれば、その人は豊かに実を結ぶ』……ここにも、相互関係がしっかり結ばれていることがわかります。私たちだけが、イエスに繋がっているのではない。イエスもその人に繋がっている、と、明言されているのです。人はイエスに繋がり、その先の父なる神までつながっているのです。だからこそ、つながっているからこそ、その人は豊かに実を結ぶ。三十倍、六十倍、百倍と実りを増やすことが出来るのです。

草木を愛し、大自然の雄大な働きの中に、天地の造り主、神を見出していた猪本牧師。ぶどうの苑の庭には、『聖書植物ガーデン』と命名された、聖書に刻まれた木々や草花がありました。猪本牧師が丹精込めて作られた庭だそうです。……昨日、初めて拝見することとなり、言い知れぬ感動を覚えました。神が造りしものを、こんな風に愛し、育んでこられた。……草木でさえこのように愛し、育んだなら、ぶどうの苑で学んだ子どもたちは、さらにもっと、愛されて、心豊かに育てられてきたに違いない、と」

参列者の多くは、ぶどうの苑の卒園者だったから、それぞれにパパさまとの思い出があるのだろう。村林牧師に言われて、パパさまに愛され、育んでもらったという思い出が蘇り、胸が締め付けられる思いがする。あちらこちらから、すすり泣く音が聞こえ、それは折り重なっていった。

『神を愛する者たち、つまり、ご計画に従って召された者たちには、万事が益となるように共に働くということを、わたしたちは知っています。（ローマの使徒への手紙第八章二十八節、新共同訳）』

もう一つの聖書の箇所が読まれた時には、参列者の悲しみは波打つように広がった。

パパさまが、神の手足となり、多くの働きをしてきたことは誰でも良く知っている。神に遣わされ、ご計画に従って召されていった。これからはいっそう、私たちのそばにいて、万事が益となるように共に働いて下さるのだろうと、沙耶は思っていた。

偲ぶ言葉を話されるぶどうの苑の先生を沙耶は知らなかったが、話される苑でのパパさまのエピソードは、二十年以上前の沙耶たちが在籍していた頃とちっとも変わらない姿だった。
「……パパさまは誰をもこよなく愛しておられました。分け隔てなく。そして、一人一人を」
《本当に、そうだ》
ぶどうの苑を創立してから五十年以上、苑で育った子どもたちばかりでなく、関わったすべての人々を、パパさまは分け隔てなく、こよなく愛しておられた。その中でも私は特別に愛して頂いた、と沙耶は思う。それと同時に、きっと、誰もがそう思っているのだろうという思いが湧き上がってきた。
《そう。パパさまってそういう方》
亡くなった直後は、涙が止まらないかと思うほど悲しくて、寂しくて、辛かったが、ご葬儀の礼拝に与っていると、悲しみが癒されて穏やかな気持ちになる。グリーフケアとして、ご葬儀はとても大切な、おろそかにできないセレモニーだと、沙耶は思っていた。

献花は長く続いた。

いよいよ出棺の時となる。

参列者が見守る中、会堂から出された棺は車に運び込まれる。その時「また会う日まで」～神ともにいまして～が、歌われていた。

《自分が召されるその日まで、パパさまのように神様に仕える自分でありたい。パパさまに胸を張って、また会えるように》

沙耶は歌いながら、強く強く祈り、念じていた。

いよいよ棺が納められた車が出発する時、車の上をひらひらとモンシロチョウが飛んでいた。

沙耶の頭の中に「プシュケー」という言葉が舞った。

それはギリシャ語で、息、魂、そして蝶を意味する。

パパさまの魂がひらひらと神の御手にゆだねられた光景を、沙耶は見ていた。

パパさまは、神々しいみもとに凱旋されて行ったのだった。

あとがき

二〇一七年は葬儀への参列が多い年になった。中でも、四月に私が父と慕っていた榎本芳弘先生、十月に同級生で親友の石橋敬子さん（旧姓・磯部）が召されたことは、悲しみが深く、つらい思いを重ねる日々になった。

不二聖心女子学院で私と同級だった敬子さんは、在学中に受洗され、聖心女子大学を卒業後、不二聖心の英語の先生として教壇に立たれている。私とは同時期に結婚したので、子どもの学年も重なった。二〇一一年の秋に、心労が重なり私は身体も心も壊してしまった。ゆっくりと日常を取り戻し、活路を見出そうとしている時に、誰よりも力になってくれたのが敬子さんだった。二〇一二年のクリスマスに私は「教会に行きたい」と思っていた。その時はまだ目白教会の敷居は高く、頼る人もない中礼拝に与る勇気がなかったので、敬子さんに相談したのだ。クリスマスシーズンは聖歌隊として、カトリック目黒教会や聖心女子大学で歌っている彼女なら、私の行くべきミサに誘ってもらえると思った。

二〇一二年十二月二十四日。クリスマスイブの夕方からのミサを、聖心女子大学の聖堂、二階の聖歌隊席の後で与った。二千年の時を経てもなお、イエス様の誕生を祝える歓びをかみしめながら、私は「みもとに帰ろう」と強く思っていた。

榎本先生は牧師ではないし、本作品のパパさまのような経歴をお持ちではない。私が幼い頃に日曜学校で教えを受けた先生だ。高校を卒業して日本キリスト教団目白教会に通い、私自身も日曜学校で奉仕をしていた頃は、校長先生を務めていらした。しかし、私は恋愛や転職、結婚で生活が変わり、その後教会から離れてしまった。

二〇一三年の夏。目白教会の百周年記念に、倉庫があった場所を多目的トイレに改装した際、こっそり置いてあった私の聖書と讃美歌を送り届けてくださったのは、榎本先生の奥様だ。その時に添え書きくださった「百周年の記念礼拝に、お会いできたら嬉しいです」との言葉に力を得て、二十数年ぶりに二〇一三年十一月四日に百周年記念礼拝に与ることができ、十二月のアドベントから日曜日の主日礼拝には欠かさず与っている。

二十歳の時決心をして洗礼を受け、二十数年と長く離れていたにも関わらず、再び教会に招かれ、あたたかく迎い入れてもらった陰には、敬子さんの優しい導きと、榎本先生のお祈りとお支えがあった。

毎週の主日礼拝に与るようになって、私はようやく祈ることを思い出していた。仕事や育児、家事に追われる日々は、立ち止まって自分を振り返る間もなかった。目の前の事をやるのに精一杯で、人の言葉に耳を傾けることを忘れていた。礼拝で祈ると、日々の生活の中でも聖書の御言葉を思い返し、祈りを心に浮かべられるようになる。そして生かされていることに感謝できるようになり、まわりに目を向け、まわりの人や自分の事を大切にできるようになる。イエス様が教えてくださった、愛する気持ちになる。

戻った直後は癒しを求めていただけだったが、次第に自分が用いられたいと願い、榎本先生や敬子さんに恩返しをしたいと思っていた矢先に、お二人は天に召された。

キリスト教においての死は、そこで終わりではなく、天国に帰ること。神様に直接お仕えすること。確かに現世にいる我々とはお別れだけど、それも一時的なこと。残された者は死を嘆き悲しむだけではなく、先人たちが育んだ賜物を、後世に伝え残していくことを大切にする。

『神を愛する者たち、つまり、御計画に従って召された者たちには、万事が益となるように共に働くということを、わたしたちは知っています。（ローマの信徒への手紙第八章二十八節）』

お二人ばかりでなく、生きていくのには多くの方々に支えられていると気付かされる。出会った方々とは短い間でも、共に歩み、寄り添って声をかけあう。亡くなってもなお恵みを降りそそぎ、天からの祈りで導き支えてくださる。人は一人では決して生きていけない。そして、人々が集う真ん中に、イエス・キリストがいらっしゃることを、忘れてはいけない。

キリスト教に導かれ、多くを学び、共に生きる喜びを思う時、亡くなったお二人の志を、私なりに伝え残しておきたいとの思いが交わり、本作品の執筆に至った。

最後までお読みくださり、ありがとうございました。

本作品を出版するにあたり、左記の関係者の方から、クラウドファンディングでご支援を賜りました。

日本キリスト教団・安積教会（福島県郡山市）
日本キリスト教団・峡南教会（山梨県身延町）
日本キリスト教団・目白教会（東京・目白）
日本聖書神学校（東京・目白）
キリスト教カウンセリングセンター（東京・池袋）
不二聖心女子学院中学高等学校（静岡県裾野市）

その他にも多くのお祈りとお支えを頂きました。この場を借りて、深く御礼を申し上げます。

ありがとうございました。

二〇一八年十二月　　安田あんみ

安田 あんみ（やすだ・あんみ）

1963年　東京生まれ
不二聖心女子学院　中学高等学校　卒業
聖心女子専門学校　保育科　卒業
1992年　結婚　子ども3人
日本キリスト教団　目白教会　所属

著書：『相談室へようこそ』（2014年）

オフィシャル・ブログURL
https://ameblo.jp/nari-kyo6278

セレモニー

2019年1月25日　第1版第1刷発行

著　者　安田 あんみ
発行所　株式会社 キリスト新聞社
出版事業課
〒162-0814　東京都新宿区新小川町9-1
電話03（5579）2432
URL. http://www.kirishin.com
E-Mail. support@kirishin.com
印刷所　モリモト印刷

ISBN978-4-87395-754-8　C0016（日キ版）　Printed in Japan